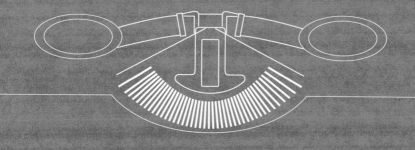

文法女教頭
爆破英文爛句
連大作家也被踢飛的
英文句法進化課

June Casagrande
瓊‧卡薩格蘭德——著

王敏雯——譯

目錄 CONTENTS

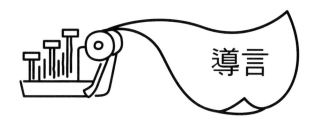

句子

作者手上最有力的工具

「這個句子太讚了！它準確、強大，知道自己想説什麼，而且用清晰、大膽的詞彙説出來。」

無論你是掃視或慢慢讀完上面這一段話——顯然作者只是想針對關於書寫的幾個議題提出一己的論點——你赫然發現，不管多努力裝酷，其實這種寫法真的很遜。

我們都能一眼認出糟糕的文字，然而辨認跟了解是兩回事。我們似乎從不曾坐下來好好問自己，上述文字何以如此糟糕。也許我們會想：「嗯，太長了。」「對，非常乏味。」但這兩點仍不足以説明為何有些句子顯得疲軟乏力。一開頭的這段話暴露出更深刻的問題。想要揪出使文字不忍卒讀的元凶，需要一段時間潛心思考，打好文法基礎，還得願意花心力審視作者拋出的好問題：他到底想説什麼？

當我們努力探究好句子和壞句子之間的不同，有時難免會迷惑。誠然好句子大致符合我們在校時學過的文法。

文法嘛，就是我們學過就忘，老是害我們出糗的那樣東西。我們記得老師教過虛懸分詞（dangling participle，也就是分詞構句的主詞與主要子句的主詞不同），也隱約記得某人解釋過主、被動語態，還知道寫作跟主詞、修飾語等等有關，但就是記不住細節。因此文法術語不僅幫不上忙，竟反過來嘲弄我們，總在腦海深處徘徊不去，使我們以為自己永遠寫不出好文章，於是只好繼續亂寫。

難怪我們寫出的備忘錄、學期報告、小說、應徵函、查詢信、廣告文案、電子郵件、新書提案、部落格條目、申請補助的專案計畫、技術手冊，統統都很糟。我們被資訊重量壓得喘不過氣，不曉得該如何傳達，畢竟想說的話非常多。從許多方面來看，我們知道自己是好作者，不，應該說真的很棒，只是無法把有用的資訊轉換成明白曉暢、引人入勝的佳句。

說來諷刺，大多數人只要是透過嘴巴說話，無需透過鍵盤或筆，都懂得如何選擇字眼，表達思緒和經驗。星期一早上在辦公室說起週六夜晚那一場 Green Day 樂團的表演，沒人會這麼說：「還來不及考慮是否該瘋狂地衝上舞台，朝舞台前方歡聲雷動的搖滾區衝去，我先買了罐可樂，一口氣飲乾。」

不，這種訴諸文字的方式——將想法轉換成句子——很容易出錯，一部分原因是有些人天生怕寫作。書寫與說話不同，通常得花時間想好要說什麼才落筆或敲鍵盤，反而有更多時間去擔心，情況變得愈發複雜。更何況，寫作時

腦中的資訊量太多，我們不懂得去蕪存菁。

也許寫出爛句子最大的原因是：當我們坐下來寫，「那個人」不見了。平常我們在茶水間的飲水機旁閒聊，跟同事講起樂團表演或喝可樂的事往往欲罷不能；但寫作時只能面對自己。那個雙眼發光、專心聽我們說話的同事到哪兒去了？取而代之的只是一個模糊的影子——也許是素未謀面的人，但我們不願意多想——那個人就是讀者。

讀者就是你的神

要想掌握寫句子的技巧，你得先接受一項不太愉快的事實（儘管不少作者亟思否認）：讀者是尊貴的王，你是臣僕，提供必需資訊、娛樂，把公司最近遭人購併的細節，甚至你戒毒的心路歷程，一五一十地說給讀者聽。不論是哪一種情況，身為作者必須為讀者效勞，不管對方是男或女。唯有先了解自己的地位，才能做好份內事。你有老闆（而且是性情浮躁、愛苛求、什麼都瞞他不過的精明人），你不能因為他沒真的站在你後面看，就漠視他的存在。文章的好壞懸於一線。

也可以這麼想：你的文章與你無關，而是與讀者有關。就算從字面上來看是關於你——回憶錄、雜文、第一人稱的敘述——但**實際**上與你無關。

你有無讀過滿篇自憐自艾的回憶錄？有無看過一味說教、自以為了不起的時事評析、或者充斥術語或不必要細

節的備忘錄？你是否讀過某篇部落格，明明說的是陌生人，口氣卻彷彿你應當跟他們很熟？之所以有這些狀況，是因為作者忘記自己的地位，忘了應該盡本分做事，卻反其道而行，企圖指揮你做這個做那個，為他效勞，實在愚不可及。這類作者有時博取同情、為了某種目的使你驚惶，有時直接告訴你該怎麼想，卻沒能提供訊息或知識，讓你自行判斷。他只專注於自身處境，卻忘了問自己，哪些細節與你有關。

人們讀回憶錄，並不是想看法蘭克・麥考特（Frank McCourt）求取憐憫，或珍妮特・沃爾斯（Jeannette Walls）大吐苦水批評父母性格不穩定，或瑪麗・卡爾（Mary Karr）抒發內心的鬱悶。上述回憶錄篇篇動人，讀者不只獲得樂趣，也發現其中主題能與生命經驗起共鳴，包括希望、韌性、受苦，以及戰勝逆境的力量。

若你忘記讀者的存在，就會寫出如我所說「只給作者本人看」的文字。文章不論深淺，都可能出現這種問題。我曾讀過自顧自說話的雜文，令我驚愕異常；也曾在得獎書籍或文章嗅出類似的氣息，甚至驚駭地發現自己也有這種毛病。如果你寫的是日記或日誌，只寫給自己看的文字風格並無不妥。但一篇文章若有其他讀者，就該替讀者設想。若你堅持把類似日記形式的部落格當成例外，讀者好比偷窺狂，當然也無妨；但那是例外。真正的規則是：不論你是基督徒、穆斯林，抑或是無神論者潘恩・朱列特（Penn Jillette）的信徒，一旦坐下來開始寫作，你的讀者

就是神。

誠然，你沒辦法完全預知讀者的需求，無法替每一名讀者服務到家。你也不該這麼做。但不同的讀者卻有一項共通需求：清楚明白、言簡意賅、對**他們**產生意義的句子。

噢對了，還得注意文法

此時該請文法出場，同時討論字彙選擇、如何寫得清楚明晰，這也是我撰寫本書的目的。

我希望透過本書與各位分享相當有用的知識，亦即句子寫作的技巧。我並非以寫作教師或文學批評者的身分來掌握這一類資訊，而是以文法學生的身分介入。

這些年來我有一個探討文法和風格的專欄，當中出了兩本書，除了討論文法，更重要的是探討廣告文案寫作，這也是我行之有年的工作。我一路探索，偶然間悟到一項沒人告訴過我的真理：文法不是老學究制定的種種限制，也不僅僅是學術上的追求，劃分各種詞類，繼以分析它們在整句話中的功能。文法的確很有用，對寫作裨益實多，本書將一一說明。

寫出活靈活現的句子

想寫出好句子，文法當然不是唯一關鍵，你必須懂得遣詞用字、具備常識、熱情與資訊等等，缺一不可。

但令人讚許的文章有一項共通點，都是從一個句子開始。句子是一篇文章的縮影，了解句子就表示掌握了寫作：如何組織想法、強調重點、運用文法、少講廢話，當然，最要緊的是，為至高無上的讀者效勞。

　　倘若你對這篇文章感到滿意，表示我已經達到目標。你也將透過本書一窺寫作的堂奧。

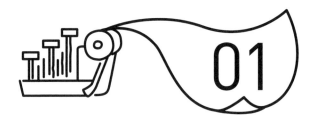

誰在意啊？

寫出讀者看得懂的句子

　　我以前曾為一家社區小型報紙寫市議會的故事，賺取收入。大約三分之一的文章都可以用這一句開頭：「市議會在星期二針對某事投票……」但我並未這麼做，為什麼？為了至高無上的讀者。

　　無論哪一種文章類型，報章雜誌也好，小說或廣告文案也罷，讀者都是老闆。話雖如此，唯有社區報紙最能彰顯這個道理。我在此一領域工作了數年，讀者隨時可能出面發表意見。讀文學小說、企業收益報告或售樓說明書的讀者像是沉默、不露面、喜怒無常的老闆，社區報紙的讀者則會致電或寫信給我，再加上本地報紙不比大都市的報業，規模極小，他們都認識我。讀者覺得我是社區的一分子，就算我住在五十哩以外的地方也一樣；因此會希望我直接回應，並且以小鎮的利益為優先。

　　沒錯，有時真教人惱火，尤其是當他指定我寫某篇故

事時，完全不明白自己沒權力這麼做：「我們公寓協會的總幹事不肯豎立『不准踐踏草地』的告示牌，我希望你寫一篇文章揭露這件事。」對社區報紙而言，讀者大過天。

如今我已不必在半夜醒來，尖聲喊：「我才不要替你的狗寫頭版專題咧！」我領悟到這個經驗於我有益，帶領我了解如何寫出貼近讀者的句子來。

看看這則新聞導言：

The city council on Tuesday voted on a budget that contains no funds for fixing Main Street potholes.
市議會於本週二針對一項預算案投票表決，但該案未編列金額修補主街上的坑洞。

訊息明確、清楚切實，不夾雜一句廢話。但作者是否能再貼近老闆（讀者）一些？當然可以。上面的句子是從作者的觀點來寫，而作者的工作是參加會議，記錄投票過程，也許在一旁聽到有人討論坑洞修補的事，因而成為這句話的重點。

但這種寫法卻避重就輕，未提到讀者最切身的事。主詞是市議會，動詞是投票表決。讀者當然知道市議會投票表決的事，這不就是議會的工作？一個月表決了三十件、甚至五十件案子，大部分都是令人打呵欠的小事。讀者才不關心議會表決，他只想知道此事對他的意義。

技巧豐富的記者會問：「此事可能對讀者造成什麼影

響？他為何關心？」由於思索過這些問題，第一句就會變成這樣：

> The bumpy ride on Main Street isn't going to get smoother anytime soon.
> 車輛在主街上的顛簸情形，短期內不可能改善。

儘管這一句改得很好，但大家都看得出改動太大；若有人蓄意濫用這種方式，很可能淪為一味鼓吹，甚至顯得低俗。你想到了電視新聞上的一段話：「Something in your kitchen wants to kill your children! Details at eleven.」（藏在廚房裡的孩童殺手！詳請見 11 點報導。）

只要稍微思考一下，就會發現風格低劣的導言和使人讀到呵欠連連的導言，其實問題同出一轍：寫的時候只想到自己，而不是替讀者或觀者效勞。這是刻意的操弄，觀者隔著大老遠也能察覺出你的意圖。的確很有力，但一篇好文章不該淪落到這步田地。

若說「市議會投票表決」讀來太沉悶，「廚房裡有個殺手」又太隨便，想找到平衡只需要做一件事：**記得你是在跟讀者說話**。該問的是：「對讀者來說，重要的是什麼？」而不只是「如何引起他的注意？」

答案可能是主街高低不平的路面，也可能是繳稅單的應繳金額，總之找到了答案，就找到了句子的重點，你寫出來的句子就具有真正的價值。

當然，寫句子並不總是這麼簡單。「迎合讀者的需求」和「真的讓讀者感到滿意」是兩回事。說來諷刺，有時努力解釋給讀者聽反而造成問題。下面這一句出自某篇我所編輯的文章，由一位專業作家執筆，我稍加改動，好讓你們認不出是誰寫的，以免作者感到困窘：

While the boat show is predictably crowded over the weekends, holding the event over Thanksgiving for the second consecutive year positively impacts the flow of attendees over the closing weekend, which is traditionally the busiest.

儘管遊艇展一如預期每到週末就人擠人，今年是第二年在感恩節舉辦，的確影響了閉幕當週的假日人潮，照往例是最熱鬧的時候。

經常跟新手作家打交道的編輯早已見慣這種稿子，上面這一句說不上最糟，卻出現好幾個問題，全是因為作者太急著向讀者說明一切。逐一分析如下：

While the boat show

While 是從屬連接詞，第二章會談。以從屬連接詞開頭通常沒什麼問題，while 當然也可以。但有些人無法精確掌握從屬連接詞，導致問題叢生的句子。不說別的，聽起來

彷彿在告訴讀者：「先別急，還有好一會兒才會說到重點。」

is predictably crowded

是這樣嗎？「早已預料到會人擠人」？作者的意思不難明白，週末時一向人滿為患，所以你預料得到這種情況。但 *predictably crowded* 真能完整表達這個意思嗎？副詞 *predictably* 置於形容詞 *crowded* 之前，彷彿在形容 *crowded* 的狀態。你會在第七章讀到，副詞相當靈活；應該說非常靈活，足以修飾整個句子。你忍不住爭辯說，但用在這裡也沒錯啊。不能算錯，只是不夠好。

over the weekends

這麼寫當然可以，不過你很快就會發現錯誤。這一句接下來有兩個 *over*，此處 *over the weekends* 顯得冗贅、礙眼。第九章針對介係詞片語加以說明，將進一步討論這個問題。

holding the event over Thanksgiving for the second consecutive year positively impacts the flow of attendees

這個子句在某些情況下大致說得過去，但整體效果弱

爆了！首先，這是主要子句，意謂著必須包含本句的主詞及主要動詞（第三章會討論分詞結構），但兩者都疲軟乏力。此句字數既多，加上峰迴路轉，holding 此一主詞往往暗示有所行動（I hold, you hold, he holds），然而此處改成動名詞形式，基本上視同名詞（第十三章會進一步探討動詞變成名詞）。姑且不論文法上的改變，此字當作主詞是明智的抉擇嗎？難道你希望整句話中的唯一主角，是 holding 這個抽象概念？

這一小段的問題遠不止如此：

for the second consecutive year

用這幾個字修飾 holding，句子變得不合邏輯。在此先把多餘的詞語拿掉，你可以看出這一句的主要架構：*Holding the event for the second consecutive year positively impacts the flow.* 看出來了嗎？*for the second consecutive year* 緊貼住 *holding* 不放。現在不只攸關 holding 一字，重點是你第二次犯錯。所以這句話的意思變成了：在感恩節週末舉行遊艇展的優點只適用於第二年，換做第三年、第四、甚至第五年在感恩節週末舉辦都不會有效果；唯有在連續第二年辦才會影響人潮。根本就錯了。

positively impacts the flow of attendees

Positively impacts 比較像企業財報上的說法，而 *flow of attendees* 應該出現在消防安全手冊上面。兩種說法都不好，喪失了與讀者具體溝通的機會，也無從傳達真正的意思。讀者都知道買票時大排長龍，也明白展場裡萬頭鑽動、寸步難行，不僅眼前浮現了維持人群秩序的情景，情感上也有共鳴。許多說法都能傳達出意義，全比 *positively impacts the flow of attendees* 好得多。

Impacts（影響）本身有問題，太過模糊。這裡的意思是改善（improves; ameliorates）或減少（reduces）人潮，然而「改善」或「減少」都比「影響」來得明確，也就是訊息量較多。何況，此字可同時傳達正面及負面意義，而此處只有正面涵義。第六章將討論如何選用明確的字彙。更糟的是，有人認為 *impact* 一字並非動詞。當然這種看法不對，但既然你沒有面對面解釋的機會，仔細想想是否值得為此惹他們不快。

喔對了，別忘了還有第二個 over：

over Thanksgiving

因為第三個 over 很快就出現：

over the closing weekend

所以在同一個句子裡，over the weekends、over

Thanksgiving、over the closing weekend 反覆出現。每個時間點都有一個具體行為，我私心認為這一點很成功；但當你讀到一個句子，提出了這麼多時間點，卻毫無意義，例如：*He took a three-year hiatus in 1992.*（*他在 1992 年歷經了三年沉寂*）或者 *Over the weekend he got lost over the course of three hours.*（*上週末他整整迷路了三小時*）。以目前討論的這一句來說，同一句話出現了三次 over，恰好證明作者塞進太多資訊，但他彷彿還嫌不夠，最後再添一筆：

which is traditionally the busiest

這一句是關係子句（第八章將再討論）。關係子句用來放入更多資訊——當然必須與主要子句相關。但用在這裡，好像逼壯碩的路易・安德森（Louie Anderson）穿上瑞安・西克雷斯特（Ryan Seacrest）的小短褲去慢跑，實在不雅。

現在來逐一看看這句話包含的訊息：

The boat show is crowded on the weekends.
每逢週末，遊艇展總是人擠人。
This crowding is predictable.
人潮早在意料之中。
This event is being held（or can be held）over
Thanksgiving.

這場活動即將在感恩節時舉辦。

The event was held over Thanksgiving last year.

這場活動去年在感恩節時舉辦。

Holding it over thanksgiving means crowds are better spread out over the duration of the show.

感恩節時舉辦有助於分散人潮，整個展期都會有人去看。

This improves crowding on the closing weekend.

這樣就紓解了閉幕那一週週末的人潮。

The closing weekend is traditionally the busiest.

閉幕那一週週末通常最熱鬧。

我們可以理解作者不想花太多時間仔細說明每一點，但他想巧妙地一筆帶過卻失敗了，因為野心太大，一下子塞進太多東西。當你遇到這種情況，最好先思考能不能先拿掉哪項資訊（我認為「預料云云……」可以不提），再把剩下的句子拆解成短句。有非常多種寫法：

The boat show gets crowded on the weekends. So this year, for the second time, it will conclude over the four-day Thanksgiving weekend. This spreads out the number of visitors and relieves crowding during the closing weekend, which is traditionally the busiest.

每到週末遊艇展總是人滿為患，因此今年第二次

選在為期四天的感恩節那星期的週末閉幕，這樣整個展期都會有民眾來參加，紓解閉幕週的人潮，照往例是最熱鬧的時候。

或者，

Saturdays and Sundays usually mean huge crowds at the boat show. The closing weekend gets especially jammed. But last year the producers had an idea: why not make the last weekend of the event the four-day Thanksgiving weekend? The strategy was so successful at reducing overcrowding that they're doing it again this year.

通常週六、日遊艇展會有大批人潮，閉幕那星期的週末更擠。但去年主辦單位想到一個辦法：何不利用四天的感恩節假期當作活動的最後一週呢？這項策略成功解決了人滿為患的問題，因此今年比照辦理。

我可以舉出更多例子，不過你抓到意思了。

身為作者，你必須組織資訊，以讀者的需求為考量、排定順序，再視情形增刪。但你得先了解句子的結構，才能夠寫出動人的文章。

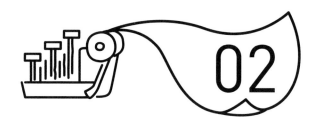

活用連接詞

主從關係

噡，來看看這個恐怖的句子：

After walking into the office, retrieving the gun from his desk drawer, shooting his business partner in the face, and quickly beginning to understand that he needed to escape immediately, John realized he was tired.

走進了辦公室、從辦公桌抽屜拿出這把槍、朝合夥人的臉開了一槍，接著想到必須立刻躲起來，約翰發覺自己累了。

如果你一時看不出這一句有多糟糕，再讀一次，但別只看文法、副詞，甚至句子長度。先看句子的意義。重點是什麼？這句話提到了幾件事：男人走進辦公室、拿了把

槍、對準合夥人的臉就是一槍，突然一陣驚慌，有股衝動想馬上離開。都是很棒的資訊，但哪一點最重要？哪一句是主要子句，哪一條資訊最震撼，帶動了句子裡的每一個動作？答案是：**約翰發現自己累了。**

　　第三章將介紹子句，下面各章也會討論本段出現的其他結構性問題，但我故意寫出這麼糟的句子，是打算在此說明一個問題：想寫出好句子，有個較不為人知卻裨益極大的觀念：從屬連接詞。

　　從屬連接詞（很重要，請擊鼓三下）的功能是成為附屬句，帶出文法地位較低的子句。從屬沒什麼不好；相反地，唯有透過如 *after* 這類連接詞，分出主從，句子才會變得跌宕生姿。但若你無法充分體會從屬連接詞的力量，便會寫出死氣沉沉的文章，讓你還來不及喊「不玩了」就直接完蛋。這類問題有時稱為「主從關係顛倒」，概念其實很簡單，就是不小心強調「約翰發現自己累了」這種較為乏味的訊息，彷彿表示它比「朝合夥人的臉開了一槍」更值得注意。有時候作者的本意的確如此，但多半是不小心造成，因而削弱了句子的力量。

　　我有陣子常逛作家的網路留言板，才留意到從屬子句的問題。我常看到滿腔熱血的新手作者在板上貼出信函，多半是寫給作家經紀人看的，只盼能打動他們讀一讀稿件。這些毛遂自薦的作者請大家批評指教，但許多信裡的句子不著邊際、語無倫次、句子之間毫不相干、主詞不一致，甚至用逗號連接兩個句子，什麼情況都有。但最讓人

受不了的錯誤應該是作者把有趣的動作納入從屬，也就是將新鮮刺激的素材放進文法層次較低的子句。

這類信函很容易發生主從關係的問題，因為作者必須擇要敘述，好推銷自己的書，即使是最厲害的作者也可能失手，畢竟他花了一兩年時間把書中角色從虛空中喚出來，精心雕琢，很容易見樹不見林。他耗費無數個小時寫故事，不放過一絲細節，自是不忍心刪去其實不太要緊的內容。恰恰相反，他們只顧把刺激元素統統塞進去，最後很可能寫出類似本章開頭的句子。

要了解這類句子的問題所在，繼而寫出更棒的句子，先得花點時間弄懂連接詞。

有一定年紀的人都記得美國廣播公司播出的音樂動畫短片《搖滾校園》（*Schoolhouse Rock*），短片裡介紹連接詞是為了「串起字、片語和子句」，舉凡 *and*（與）、*but*（但是）、*so*（所以）、*because*（因為）等都是。這些字我們天天用到，但極少停下來思索為什麼這麼用。

連接詞有好幾種形式，為人熟知、也就是《搖滾校園》中強調的叫做對等連接詞，與從屬連接詞不同。對等連接詞很少，主要有 *and*、*but*、*or*（或），用來連接文法地位相等的「單位」（字、詞或句子）：

I eat oranges and I eat apples.
我吃柳橙，而且也吃蘋果。

此處 *and* 連接了兩個本身就是獨立句的子句：*I eat oranges. I eat apples.* 兩者地位相等，沒有哪一句必須依附另一句，兩句各有其意義，文法上也顯示兩者同等重要。如果改成 but 抑或 or，意思就不太一樣：

I eat oranges but I don't eat apples.

我吃柳橙，但我不吃蘋果。

I eat oranges but I also eat apples.

我吃柳橙，但我也吃蘋果。

I eat oranges but I devour tangerines.

我吃柳橙，但我狂啖橘子。

I eat oranges or I eat apples.

我吃柳橙或蘋果。

I eat oranges or I eat nothing at all.

我要不吃柳橙，要不什麼也不吃。

　　每一句都有兩個文法地位相當的子句，告訴讀者兩個句子一樣重要。當然對等連接詞也可以用來串起其他字詞，不光是整個子句而已，如：*He met Sam and Mickey and Beulah.*（他遇到山姆和米奇，以及布拉。）*You can have pizza or spaghetti or ravioli.*（你可以吃披薩或義大利麵或義大利方形餃），只是連接詞前後的字必須有同等的文法地位，此處均為名詞。

　　許多專家都說要記住所有對等連接詞，只要記住首字

母縮寫詞「FANBOYS」就可以，代表 *for, and, nor*（也不），*but, or, yet*（然而；卻），*so*，但也有人說這種方式過分簡化，每個字的運用方式不同。但依照本書目的，這個縮寫滿有用，至少你知道對等連接詞是哪些字，不妨暫時擱在一旁，先來談談從屬連接詞吧。

從屬連接詞是個大得多的群組，包含了 *after*（在……之後），*although*（儘管，雖然），*as*（當；因為），*because*，*before*（在……之前），*if*（假如），*since*（自從；因為），*than*（較諸），*though*（雖然），*unless*（除非），*until*（直到），*when*（當），*while*（儘管）。

許多常見片語也有從屬連接詞的功能，包括 *as long as*（只要），*as though*（彷彿），*even if*（即使，泛指一般狀況或尚未發生的事），*even though*（即使，用於已經存在的狀況），*in order that*（為了……目的），*whether or not*（無論……與否）。

從屬連接詞有個共通點：它們都是附屬，把某些資訊拉到較不重要的位置，像在告訴讀者：「這只是次要訊息，先告訴你一聲，接下來宣佈的才是大消息。」或「這句話只是補充，並非真正的大消息。」

思索一下這句話：

Before robbing a bank, Mike was an accountant.
在搶銀行之前，麥克是個會計。

大聲讀出來,注意到了嗎?你直覺上想快點讀完前面半句,再來強調逗號之後的訊息。這是因為你看到了從屬連接詞 *before*,心知它帶出的子句不是重點。也許要先做個深呼吸或停頓一下,重點才會出現。

重點置於最後沒什麼不對。重點放在開頭、中間或結尾皆無不可,但是將重要資訊放入從屬子句,問題就大了。

99% 的人都會覺得搶銀行這件事比擔任會計有意思。或許不見得在所有情境下均是如此,比方說針對會計工作帶來的長期心理效應進行的研究,很可能成為例外。但與數字加總相較,銀行搶案通常更能吸引讀者注意。

「在搶銀行之前,麥克是個會計」這句話沒有動作,「麥克是個會計」變成了重點。

倘若換個寫法:

After working for twenty-five years as an accountant, Mike robbed a bank.
在當了二十五年會計後,麥克去搶銀行。

主要動作是 *robbed*,因此是更棒的寫法。

當我說從屬連接詞把資訊拉到較不重要的位置,我指的不光是微妙差異或語調,也不是說你很快唸過某些詞彙,而是更具體的層面。從屬連接詞降低子句的文法地位,正是我最喜愛的文法魔術招數,看看這一句:

Bob likes mustard.

鮑勃喜歡芥末。

　　這是一個完整句，主詞、動詞都在。你有辦法不拿掉任何字，而是添加一個字，就把完整句變成不完整的句子？當然可以，假如那個字是從屬連接詞的話：

Because Bob likes mustard...

因為鮑勃喜歡芥末⋯⋯

If Bob likes mustard...

假如鮑勃喜歡芥末⋯⋯

Although Bob likes mustard...

儘管鮑勃喜歡芥末⋯⋯

As Bob likes mustard...

因為鮑勃喜歡芥末⋯⋯

When Bob likes mustard...

當鮑勃喜歡芥末⋯⋯

Unless Bob likes mustard...

除非鮑勃喜歡芥末⋯⋯

　　嘿嘿！這個原本完整的句子添上字以後，變得不完整了。多反而是少。漂亮俐落，是吧？（我真的覺得很棒，如果你不這麼認為，請別介意。）從屬連接詞降低子句在**文法**上的地位。既已分出主從，表示完整句已經變得不完整，

如今僅僅是從屬子句而已。這就是為什麼從屬子句常稱為「不獨立子句」，因為必須依靠另一個子句，句子才能夠完整。

讀者一眼就能看出從屬子句的重要性遜於主要子句，無論主要子句放在哪裡：

The company resumed regular operations after its president failed to acquire a competing firm.
在總裁併購對手公司失敗後，這家公司恢復了正常營運。

這一句出現了兩個動作：一是 a resuming of operations（恢復營運），一是 a failed attempt to acquire a company（企圖併購公司卻告失敗），只發生了一件大事，另一件事是恢復平日營運。

還記得前面叮嚀過的話嗎？讀者就是你的神，也是引領你的那道光，問自己：讀者最想知道什麼？

有時候你只需根據方才的結構去寫。比如說，若你前面便已提過併購失敗一事，那麼這個例句就可以了，沒必要再闡明一次。同樣地，若你的讀者是股東，對他而言或許恢復平日營運才是最重要的一點。若是如此，強調營運恢復而非併購失敗才是明智的寫法。另一方面，若併購失敗才是讀者最該關切的事，就不該放入從屬子句：

The company's president failed to acquire a competing firm. After the deal fell through, the company resumed regular operations.
這家總裁沒能成功併購對手公司。交易破局後，公司恢復了正常營運。

再次證明了從屬子句沒什麼不好，而是工具。唯有當你把讀者最可能感興趣的事放進從屬子句，卻強調較不重要的資訊，才會產生問題。

再看看另一個例子：

Until Jane can slay the dragon, retrieve the jewel from its belly, and bribe the evil King Goombah, her mission of protecting her townsfolk will remain unfulfilled.
珍一日未斬殺巨龍、從牠腹中拿回珠寶、交給邪惡的戈巴國王當成賄賂，她保護鎮上居民的任務便談不上成功。

此處從屬連接詞是 *until*，看看納入從屬的幾件事：斬龍、直接開膛破肚、賄賂攝政君王，某些讀者肯定覺得有趣。現在看看主要子句：*her mission will remain*⋯⋯主詞含糊，動作也很弱。

若你已經討論過屠龍、拿到珠寶、賄賂等事，將種種細節描繪得活靈活現，那麼這個例句是可行的；否則你等

於是白白糟蹋了這麼有趣的動作。

一旦你了解分出主從的力量，你會發現眼前豁然開朗，有數不盡的選擇：

Jane must slay the dragon. Then she must cut the fabled jewel out of its belly and deliver it to the evil King Goombah. It's the only way she can stop the massacre of her townsfolk.

珍必須斬殺巨龍，之後她還得從牠腹中取出傳說中的珠寶，交給邪惡的戈巴國王當成賄賂。唯有這麼做，鎮上居民才不致再遭屠戮。

現在你掌握了訣竅，以下這個例子更加微妙：

If I'm going to give you ten million dollars, you must use it wisely.

要是我給你一千萬，你必須明智地運用這筆錢。

這一句不算差，if 子句設定條件，可能攸關本句的意義。然而此處 if 子句說的是極其有趣的事——價值一千萬元的厚禮——因此值得考慮提升其文法地位：

I'm going to give you ten million dollars if and only if you'll use it wisely.

唯有當你能明智地運用這一千萬，我才會給你這筆錢。

I'm going to give you ten million dollars on the condition that you use it wisely.

我會給你一千萬，但條件是你能夠明智地運用這筆錢。

I'm going to give you ten million dollars. Use it wisely.

我會給你一千萬。明智地運用這筆錢。

Here's ten million bucks. Blow it all at the roulette wheel and I'll smack you upside the head.

這裡是一千萬元。要是你把它統統拿去賭輪盤遊戲，我會朝你的後腦勺巴下去。

　　有些寫法可能很對讀者胃口，其他則未必。有些切中事實，有些則未必。由此可以看出，每一次改寫都是冒著損失或扭曲重要資訊的危險。譬如第三及第四句拿掉了 if，條件句的意味因而蕩然無存。最後一句則以 *Here's ten million bucks* 開頭，顯而易見說話者不希望對方亂花錢，但她不管怎樣都會給他錢，因此現在不確定的並非他會不會拿到錢，而是他會不會亂花一通、被人巴腦門。

　　從屬子句內的訊息應視讀者的需求而定。假如你把一千萬元的厚禮放入從屬子句，表示你以作者的權力驅遣文字，做出抉擇。

　　技巧高超的作者會善用顛倒的主從關係，讓事情的輪

廓更顯分明。我見過最好的例子是弗朗辛·普洛斯（Francine Prose）在《像作家一樣閱讀》（*Reading Like a Writer*）一書中，舉了提姆·歐布萊恩（Tim O'Brien）的小說《負重》（*The Things They Carried*）當中的一段當例子，乍看只是在形容一群士兵在戰事正殷時，揹著水蜜桃罐頭和口袋小刀之類的日常什物，行走於叢林間。有如列表的文字中間出現了一句：*Ted Lavender, who was scared, carried tranquilizers until he was shot in the head outside the village of Than Ke in mid-April.*（心裡害怕的泰德·拉凡德始終揹著鎮靜劑，直到四月中旬在桑奇村村外頭部中彈而死。）其後嵌入了七句話，無非是士兵的頭盔有多重、披風內襯的材質等，此時作者彷彿漫不經意拋出一句話：*In April, for instance, when Ted Lavender was shot, they used his poncho to wrap him up, then carry him across the paddy, then lift him into the chopper that took him away.*（比如說四月時，泰德·拉凡德中彈死亡以後，他們用披風把他裹住，扛著他穿越稻田，將他抬上直升機，把他載走。）

　　拉凡德的死是從屬，一連兩次。這是故意的，好製造驚人效果。作者利用文法刻意淡化一名士兵被槍擊的慘事，凸顯戰爭期間一條人命的卑微，以及了結速度之快，教人冷到骨髓裡去。普洛斯沒有忽略此處文字之精妙，特別指出歐布萊恩藉由「放在一句話的中間，而且是在從屬子句當中」，巧妙闡明「像拉凡德這樣突然莫名其妙被槍射死」的可能性。

不知此例是否足以啟發你釐清主從關係，善用從屬連接詞？希望如此，因為接下來還有很多事要做。先來看看不當的主從關係對文章的傷害有多大。譬如常見於小說的 *as*（當）：

　　A bewildered look came over Cyrus's face as the sword pierced his armor and he fell to the ground.
　　當劍穿透他的盔甲，他往前仆倒在地，賽勒斯露出迷惘不解的神色。

　　此處用 *as* 產生了兩個問題。首先，把動作貶為從屬。有人才剛把賽勒斯當叉燒一樣串起來，但作者卻不認為該納入主要子句。不過正如所有主從關係的問題，這麼寫是否不好見仁見智。我認為的確不好，但 *as* 的用法顯然是更大的問題。

　　As 表示動作同時進行，例如：You brush your teeth <u>as</u> you read the paper.（你一面刷牙一面讀報）。這字有幾種定義，此為其一。因此這一句似乎在說賽勒斯被刺、露出某種表情、而且倒了下去，全都同時發生。或許我對比劍的概念是來自布萊德・彼特（Brad Pitt）的電影，但我相當肯定這幾個動作有先後順序，不可能一起發生。

　　你會發現，主從關係顛倒只是從屬連接詞帶來的風險之一。有些字的定義容易混淆，增加了風險。最典型的例子應該是 *while*：

While walking through the park is good exercise,
jogging is better.
儘管在公園散步是不錯的運動，但慢跑更棒。

　　有些人說 *while* 根本沒這種用法，只能用來指稱一段時間，絕不能用來表示 *although*（儘管），但《韋伯新世界大學字典》可不這麼認為，而是將 *while* 視為 *although* 的同義詞。你會說，但這是非常差勁的用法。好吧，要是這麼堅持的話，現在就發誓只使用 *while* 的主要定義：「在某一段期間內（發生了某事）」。

　　While walking through the park 似乎暗示散步時有事情發生：*While walking through the park, Susie saw a squirrel.*（蘇西在公園散步時，看到一隻松鼠。）不過我們讀到一半就知道作者並非這個意思。其實作者只需換成更準確的 *although*，便能省下讀者摸索的麻煩：

Although walking through the park is good exercise,
jogging is better.
儘管在公園散步是不錯的運動，但慢跑更棒。

　　當然並不是說 *although* 與 *while* 可以互換的情況都會造成混淆：

While it is always a good idea to bring an umbrella, today will likely be sunny.

儘管帶雨傘總是有備無患，但今天可能會出太陽。

要是我收到的稿件裡有這句，我不會改動 *while* 的用法。另一個同樣有其風險的從屬連接詞是 *if*：

If you enjoy seafood, the restaurant offers many fresh fish selections.

假如你愛吃海鮮，這家餐廳有許多種新鮮的魚可供選擇。

這個例子說明了從屬連接詞對句子造成的傷害，不見得與從屬有關，而是邏輯問題。你瞧，餐廳經理在研擬菜單時，並未致電問過你的意見；也就是說，不管你喜不喜歡，這間餐廳都會提供新鮮魚類。但上面這一句顯然有點出入，彷彿是說菜單是根據你的喜好來安排。其實作者想說的是：

For those who enjoy seafood, the restaurant offers many fresh fish selections.

對於愛吃海鮮的人來說，這家餐廳有許多種新鮮的魚可供選擇。

或者，

If you enjoy seafood, note that the restaurant offers many fresh fish selections.
如果你愛吃海鮮，記住這家餐廳提供了多種新鮮魚類。

或者，

If you enjoy seafood, you'll be happy that the restaurant offers many fresh fish selections.
如果你愛吃海鮮，這家餐廳提供多種新鮮魚類，你一定會滿意。

If 不合邏輯的用法在某些情況下相當普遍，快變成可以接受的說法了：

If you want me, I'll be in my room.
如果你需要我，我就在房間裡。

大家都知道說話者的意思。是的，不管對方要不要找他，他都會待在房間，我對這一點沒有意見。這是很普遍的說法，一聽就懂，你能夠自行判斷。只是要知道有些不常見的例子比較複雜，用 *if* 帶起子句也許會導致明顯問題。

Since 也是備受爭議的從屬連接詞。有些人說此字不能當做 because 的同義詞，因為 since 指一段時間，而 because 指的是因果關係。事實上字典已經把 since 列為 because 的同義詞，所以想用的話就用吧，只是要用得好。

Since 和 while 都用來指涉時間，這一層定義容易導致混淆：

Since you've graduated from Harvard, can you tell me how the professors are?
因為你是從哈佛畢業，可以告訴我那裡的教授怎麼樣？

此處從屬子句乍聽之下彷彿是指時間，就像這一句：Since you've graduated from Harvard, you've gotten a lot of job offers.（自從你從哈佛畢業後，就獲得許多工作機會。）原先的例句必須讀到後面才明瞭此處 since 一字是採「因為」的解釋。

Than 這個連接詞也很容易讓人出洋相：

Do you like Coldplay than Madonna? If so, how do you know? Have you asked her?
你喜歡酷玩樂團勝過瑪丹娜嗎？如果是，你怎麼知道？你問過她？

Than 常常加動詞。我們之所以這麼寫，是因為 *than* 之後的動詞與前面某處的動詞是同一個：*Joe is taller than Sue.*（*喬比蘇還高*）是縮減版，原本應該是 *Joe is taller than Sue is.* 依此類推，*Bernice runs faster than Stanley* 指得是 *Bernice runs faster than Stanley runs.*（*伯妮絲跑得比史丹利快*），不過用的時候要小心，有時候讀者需要多一點提示才能明白。

　　因此上面這個酷玩樂團的例子有個漏洞，動詞 *like* 可能出現第二次，只是我們不知道 *like* 的主詞是誰。你可能表示 *Do you like Coldplay more than you like Madonna?* 也可能表示 *Do you like Coldplay more than Madonna likes Coldplay?* 由於沒有規則可循，你只能記住有陷阱，保持小心。

　　要是你讀到這兒覺得壓力很大，其實大可不必。雖然需要一點時間摸熟這些概念，沒必要馬上記住所有從屬連接詞和可能的風險。你的目標是在閱讀與寫作時，開始辨認從屬連接詞，思考一下它們給予你的力量，以滿足讀者的需要。這類字彙幫助你釐清思緒，說出想說的話，強調最重要的一點，甚至創作出美文。假如需要一點時間去熟稔，這時間花得值得。

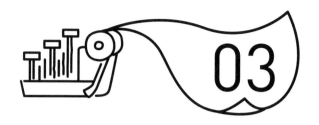

可移動的受詞

了解片語和子句

子句包含主詞和動詞。

片語則由一個以上的字所組成，有時當成名詞、動詞、副詞、形容詞使用，有時則是介係詞片語。

很抱歉一下子跳到這麼硬的文法觀念，也沒先請你吃頓晚餐。但這個很重要，寫作的人一定要懂。唯有充分掌握片語和子句結構，你才能夠看出英文句子就像樂高造型積木，是由一塊塊可以移動、互相嵌入的東西組成。我保證，句子結構對你的寫作極有幫助。等讀到最後一章，你會發現潛力開始增長，但想要到達那兒只有一條路：花一段時間潛心鑽研文法。如同史蒂芬‧金所說：「文法不光是個討厭東西而已，也是一根竿子，握住它就能撐起你的思緒，讓思緒自己走路。」所以跟著我探索學術部分吧，我會很快解釋清楚，你只需花些時間便能大有斬獲。

首先要注意，字句因為包含主詞及動詞，可以組成一

個完整句：*Jesse dances. Jesse danced. Jesse has danced.*（傑西跳舞）。子句也可以是長句的一部分：*Jesse has danced the tango with a happily married septuagenarian woman who was wearing Spanx.*（杰西剛才跟一個七十來歲、婚姻美滿、還穿著塑身衣的女人跳探戈。）但片語本身不足以成為一個完整句，因為片語可能是一個或一串字，組成一種意思，成為句子的一部分。大家應該都知道，片語有五種形式：名詞片語、動詞片語、副詞片語、形容詞片語，以及介係詞片語。先來分析上一個句子，你就會更了解片語的用法：

> Jesse has danced the tango with a happily married
> septuagenarian woman who was wearing Spanx.
> 杰西剛才跟一個七十來歲、婚姻美滿、還穿著塑
> 身衣的女人跳探戈。

Jesse 是名詞片語。我知道把一個字看成片語有點奇怪；事實上不太符合平常的定義。但《牛津英文文法》把單一個字視為片語，為了討論方便起見，我們不妨沿用。片語可以容納其他片語，因此 *Jesse Wilson*（杰西·威爾森）、*Big Bad Jesse*（大壞蛋杰西）、*the man called Jesse*（叫杰西的那個男人），以及 *Jesse of Sunnybrook Farm*（日照溪農場的杰西）都是名詞片語，在句子裡充當名詞，我們此處就是要討論它們在句子裡的任務。每個片語都有一個主導詞，如絞鏈一般串起其他字。因此 *Jesse of Sunnybrook Farm* 這個

片語，*Jesse* 是主導詞，而因為它是名詞，這個片語是名詞片語。

Has danced 是動詞片語，包含助動詞 *has* 和過去分詞 *danced*，結合在一起就傳達了動作，以及動作發生的時間。兩者是一個單位，在句子中執行一項工作。

The tango 是另一個名詞片語，在本句中是承受動作的受詞，因此和 *Jesse* 不一樣，它是執行動作的主詞。主詞做出某個動作，而受詞接收動作，亦即動作施加於其上的對象。名詞若非擔任主詞，便是受詞。所以 *Jesse* 與 *the tango* 在本句中均為名詞，代表**人事物**，都足以稱做名詞片語。

With 是介係詞，第九章會有更詳細的說明。現在你只需要知道常見介係詞包括 *with*（與）、*of*（的）、*to*（到）、*at*（在……之中）、*in*（在……裡面）、*above*（在……之上）、*before*（在……之前）。你必須記住，介係詞後面要接一個受詞，通常是名詞片語。如此一來，介係詞與受詞變成一個小組，例句裡的 *with* 接的受詞是 *a happily married septuagenarian woman*，因而形成了介係詞片語。注意介係詞的受詞也可以是代名詞，此句改成 *with her* 也說得通。

稍早時提過，動詞也可以加受詞。事實上，唯有動詞與介係詞這兩種詞類可以加。但並非所有動詞都要加。加上受詞的動詞稱為及物動詞，譬如 *I see Betty.*（*我看見貝蒂*），*Betty* 是動詞 *see* 的受詞。又如 *I dance with Betty.*（*我跟貝蒂跳舞*），*Betty* 是介係詞 *with* 的受詞。這兩處 *Betty* 都可以換成代名詞：her，不損及句意。記住這一點，你對

於受詞的理解就贏過大多數人，更別提介係詞片語了。

　　Happily 是副詞片語。不過你說等一下，方才不是已經把 *happily* 納入介係詞片語嗎？沒錯，是有說過。但片語可以涵括其他片語，而且不止一個。所以 *with a happily married septuagenarian woman* 此一介係詞片語包含了 *happily* 這個副詞片語，用來修飾形容詞 *married*。

　　Happily married 是形容詞片語，包含了副詞和形容詞，兩者結合成一個詞組，修飾名詞 *woman*。名詞片語 *happily married woman* 包括形容詞片語 *happily married*，其中 *married* 是形容詞片語，*happily* 是副詞片語，都用來修飾 *woman*。頭暈了嗎？別擔心，只要記住片語就像俄羅斯娃娃，大套小，一連套上好幾個，你很快就能上手。

　　Septuagenarian 也是形容詞片語，有時也當成名詞，如 *A septuagenarian stole my bike.*（一個七十幾歲老人偷了我的自行車），不過此處是修飾名詞 *woman*，所以具有形容詞功能。

　　Woman 是名詞片語。

　　Who was wearing Spanx 是關係子句，此處是修飾語，具有類似形容詞的功能，用來描述前面的名詞 *woman*。

　　如果你覺得有點難，不要緊，的確不太容易。你不需要一下子全弄懂，只需要在閱讀或寫作時，先找出片語和子句，尤其是介係詞片語——對寫作的人來說，這一點最有幫助也最有趣，第九章會有更詳細的說明。在此之前，不妨這麼說：介係詞片語是看懂分類廣告的關鍵，瞧瞧這一

句促銷商品的廣告詞：“mixing bowl set designed to please cook with round bottom for efficient beating”（「最教圓屁股廚子滿意、可以充分拌打的攪拌碗」）。

至於子句，探討從屬子句那一章已經為你打好了基礎。現在你知道子句通常包含一個名詞和一個動詞——執行動作的人和動作本身——能夠找出下面這一句的全部子句嗎？

After Floyd spoke, Lou laughed.
弗洛埃說完話，盧就笑了。

這句話的動作是哪兩項？有人說話、有人在笑。那麼有執行動作的人嗎？有，就是弗洛埃和盧，每個人分配了一項動作，成為本句中執行動作的主詞。既然你知道發生過的事、誰在做這些事，就能輕易找出這兩個基本子句：Floyd spoke 與 Lou laughed。

此時你應該也能找出主要子句。上一章討論從屬連接詞，你應當記得 *after* 經常扮演從屬連接詞的角色；和其他從屬連接詞一樣，都能使原先的獨立子句突然變成不完整的句子：

Floyd spoke.（弗洛埃說話。）
After Floyd spoke…（從屬子句並非完整句。）

誠然，我們平常說話或寫東西時，老是把不完整句當成完整句，這就是為什麼你常看到人家這麼寫：*When did I leave? After Floyd spoke.*（我何時離開？在弗洛埃說完話以後。）這個可以接受，但即便如此，*After Floyd spoke* 仍然是不完整句。

假如不想要有從屬子句，我們不妨將兩者並列，使其平起平坐：

Floyd spoke and Lou laughed.
弗洛埃在說話，盧在笑。

對等連接詞 *and* 串起兩個具同等份量的子句。事實上，兩個子句的份量毫無差別，甚至可以調換次序：*Lou laughed and Floyd spoke/Floyd spoke and Lou laughed* —— 意思都一樣。當然，意思和第一個例句不同，原句是說「弗洛埃說完話之後，盧才笑出來」，但這正是為什麼你有時想以從屬形式呈現，因為能夠傳達額外的意思：

Although Floyd spoke, Lou laughed.
儘管弗洛埃在說話，盧卻笑了。
Because Floyd spoke, Lou laughed.
因為弗洛埃說話，盧笑了出來。
When Floyd spoke, Lou laughed.
當弗洛埃說話時，盧笑了。

While Floyd spoke, Lou laughed.

弗洛埃說話時，盧笑了出來。

Until Floyd spoke, Lou laughed

盧一直笑，直到弗洛埃說話才停止。

Although Lou laughed, Floyd spoke.

雖然盧在笑，弗洛埃還是說話了。

Because Lou laughed, Floyd spoke.

因為盧在笑，弗洛埃說話了。

Floyd spoke. Lou laughed.

弗洛埃說話了。盧笑了。

　　上面介紹了幾種改寫方式：子句可以移動，或與對等連接詞結合，傳達出最精確的意義。

　　關於子句，還有幾件事必須留意：子句不一定有兩個以上的字，甚至可能沒有主詞。大部分命令語氣的句子只有一個隱含的主詞。例如 *Stop！（停！）* 是完整子句，甚至可視為一句完整句，因為在英文中，用以命令的**祈使句**可以扔掉主詞，也就是「你」：

　　〔 You 〕 Stop!

　　〔你〕停下！

　　〔 You 〕 Go away!

　　〔你〕走開！

〔 You 〕 Run like the wind!

〔你〕飛奔過去！

〔 You 〕 Listen!

〔你〕聽好！

此外，以 *Joe wanted to cry.*（喬很想哭）這一句來說，不定詞形態的動詞 *to cry* 被視為子句，屬於非限定子句，因為並未顯示出時間。在 *Joe doesn't like crying.*（喬不喜歡哭）這句話中，*crying* 一字也是非限定子句。別擔心，就算搞不懂仍然可以寫出很棒的句子，不過有一件很諷刺的事值得注意：按照定義，子句是包括主詞和動詞的單位，但偶有例外。不管怎麼說，只要記住最簡單的定義，但依舊有例外，你就能搞定。

片語比子句更靈活、適合移動，它的位置更容易影響整句話的意義。本書接下來會提出更多例子，說明兩者的力量。現在先把片語和子句想成每個句子的基本組成部分，學著找出它們，再看看在同一句話裡面，兩者總共有幾種組合方式。最後拍拍自己的肩：你撐過了這一章，值得嘉勉。

下面要介紹比較有趣的部分。

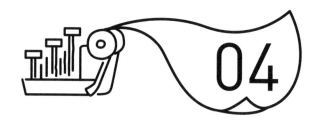

長度很重要

短句與長句的比較

以雜誌文章來說，下面這一句起頭起得很棒：

Alec Baldwin has the unbending, straight-armed gait of someone trying to prevent clothes from rubbing against sunburned skin.
亞歷·鮑德溫走路總是直挺挺，雙臂伸直，彷彿很怕衣服摩擦到曬傷的肌膚。

這句話不光是寫得有趣，栩栩如生，也就此定下文章的調性。你馬上發現作者對鮑德溫有獨到的見解。就這麼一句，作者一下子吸住了你的目光——就像看到高速公路上四部車相撞的畫面——眼睛再也離不開。你立刻明白這不是一般隨便吹捧的藝人特寫，也不是藝人公關寫的廣告文，而是值得往下讀的好文章。

但假如這個作者寫了半句，猛然想到其他資訊也很重要，絕不能等到第二句才出現，怎麼辦？要是他説：「啊呀笨蛋！這一句不錯，但我若不順便交代一下鮑德溫的作品和心態，搞不好之後就沒機會了。」情況會變得如何？

　　那麼你可能會讀到這樣的句子：

Alec Baldwin, who stars in *30 Rock*, the NBC sitcom that has revived his career and done nothing to lift his spirits, has the unbending, straight-armed gait of someone trying to prevent clothes from rubbing against sunburned skin.

亞歷·鮑德溫因擔綱演出美國國家廣播公司製作的情境喜劇《超級製作人》，聲勢再度攀高，但精神卻沒有變好。他走路總是直挺挺，雙臂伸直，彷彿擔心衣服摩擦到曬傷的肌膚。

　　這是教科書上的例子，説明長句對文章可能造成的傷害。插入這則資訊只是打岔；細瞧文法，你發現著實呆板笨重。作者插入關係子句 *who stars in 30 Rock*，是 the NBC sitcom 的同位語，而它又被另一個雙重關係子句 *that has revived his career and done nothing to lift his spirits* 所修飾。稍後再來討論文法術語，現在重點是，一大串文字硬生生擠入主詞和主要動詞 *has* 之間。你得跋涉好一段長路才抵達目的地，幾乎任何一位教大一英文的老師或報社編輯都會告

訴你，這樣寫不好。

　　但這只是其中一個問題。較長的這一句其實是某篇文章的開頭句，而這篇文章便刊登在地位極高的雜誌《紐約客》上面。

　　許多人都會告訴你越長的句子越遜色，甚至有人表示千萬不要寫長句。其實沒那麼簡單。

　　我個人強烈偏愛短句，認為《紐約客》的文章之所以三不五時出現較長而笨拙的句子，是在嘲弄約定俗成的看法，像是在說「我們才不管大一英文作文老師怎麼說，去死吧，我們可是《紐約客》！」但這純屬個人猜測，世上喜歡長句的人也不少，或許這位作者和《紐約客》的編輯屬於這一類人。

　　事實上，你可以說第二個句子也有獨到之處，至少打破常規，使讀者震撼不已；正因如此，它比短句更能召喚讀者的注意力。進一步說，有時插入的資訊加強該句的論點。尤其是鮑德溫參與演出的喜劇表演居然 *done nothing to lift his spirits*（沒能提振他的精神），既切中論點又很有趣，幫助讀者了解何以這人走路的樣子就像很怕碰到曬傷部位似的。儘管《紐約客》裡的句子確實常有疵誤，但這一句其實寫得滿不錯，令人印象深刻。

　　現在再來比較兩組長句：

After being rebuffed as the next head football coach at
Boston College after Jeff Jagodzinski was fired two

weeks ago and after not being hired at the University of Massachusetts after Don Brown left to become the defensive coordinator at the University of Maryland, Boston College assistant head coach and offensive line coach Jack Bicknell Jr. is moving to the NFL, as an assistant offensive line coach of the New York Giants, according to several sources close to the program.

目前在波士頓大學擔任助理總教練暨進攻線教練的小傑克・比克奈爾，在傑夫・傑格金斯基兩星期前遭解除足球總教練職務後，爭取總教練一職未果；另一方面，麻州大學在唐・布朗離職、前往馬里蘭大學當防守協調員之後，也沒打算聘他。因此他轉往國家美式足球聯盟，擔任紐約巨人隊的助理進攻線教練，幾個知曉內情的消息來源這麼說。

The play—for which Briony had designed the posters, programs, and tickets, constructed the sales booth out of a folding screen tipped on its side, and lined the collection box in red crepe paper—was written by her in a two-day tempest of composition, causing her to miss a breakfast and a lunch.

布尤妮為這齣戲設計了海報、節目單和票券，還用斜斜立著的折疊屏風架好售票亭，並且用紅色

皺紋紙在票箱上滾一層邊；她只花兩天時間如疾
風一般寫完劇本，還為此少吃了一頓早餐和午餐。

第一個例句擷自《波士頓環球報》某位體育作者的部
落格，是文章的第一句，作者似乎搞不清楚事件的來龍去
脈。第二個例句給人的感覺是作者對複雜的一連串事件瞭
若指掌，連當時的情景、氣味、聲音和情緒都逃不過他的
法眼。所以你應該不致太驚訝，第二句其實是伊恩‧麥克
尤恩（Ian McEwan）的獲獎小說《贖罪》（*Atonement*）開
頭的第一句。

雖然這一句比起體育作者的句子的確好得多，但我沒
那麼喜歡。在我看來，這一句放進太多不必要的東西。我
不喜歡 *was written by her* 被動的寫法，覺得 *for which Briony*
太生硬又不自然，或是他把句子倒過來寫的鋪排方式。身
為文字編輯，看到麥克尤恩硬是要在主詞和動詞之間擠進
三十二字之多，幾乎感到火大。但就算我是編輯，我也不
會改一個字，因為我找不到更好的方式重新組織這句話，
而不失去原本的聲音、風格，以及作者努力創造的效果——
我們不應該為了滿足照章行事的編輯、或一味強調句子不
宜過長的那些人，而貶抑寫作元素的重要性，否則便是削
足適履。其實我認為這一句最大的問題，在於麥克尤恩試
圖傳達的事件：這句話有如一陣疾風——倘若他是想表達憑
藉一股熱情忙碌不休的感覺，那麼他成功了。但我不愛這
種寫法。我比較偏愛馮內果只有一個字的段落："Listen!"

（「聽！」）但這只是我的感覺。

再看看下面兩句，你就會明白為何我通常較偏愛短句：

I killed him even though I didn't want to because he gave me no choice.
我殺了他，即使我不想（這麼做），因為他讓我別無選擇。

I killed him. I didn't want to. He gave me no choice.
我殺了他。我不想（這麼做）。他讓我別無選擇。

我相信現代人的語感比較愛聽短句，媒體得負一部分責任。想一想，我們整天都在聽三十秒電視廣告，每一支廣告都只包含六到十句話，而且我們知道大部分的字只是在湊時間，關鍵訊息只有一個："Windex doesn't leave streaks."（「穩潔清潔劑不留水漬」）、"Drive a Mustang and you'll be popular with the ladies."（「開福特野馬，女孩子都喜歡你。」）、"If you really love your kids, you'll buy Purell hand sanitizer."（「若你真愛你的孩子，你一定會買普瑞來乾洗手。」）添上幾句話來補足關鍵訊息，不斷灌輸同一件事。現代文化讓我們越來越不願聽廢話。極度精簡的訊息顯得特異，能吸引我們的注意力，讓我們佩服不已。

較長的第一句還有個問題：多餘的字有沖淡的效果。用來連接的 even though 和 because 聽起來拐彎抹角，彷彿作者急著解釋、卻說不清楚，聽起來好似在向人求饒。

說來諷刺，拆成三句話，事實卻顯得更有力，因為少了迫切說明的口吻，聽來更強烈：*I killed him. I didn't want to. He gave me no choice.*

但不管怎麼說，若有人斬釘截鐵地說短句優於長句，那麼他若非忽略了某些傑出作家，便是刻意貶低了他們的成就。

好吧，最後的裁決是什麼？到底短句是比較好，還是比較差？

容我只用幾句話，給這場激辯下一個結論。你應當這麼看：簡短是工具，而且是非常強大的工具，不見得一定要用，但你必須懂得怎麼用。如果你打算寫長句，是因為你思考過後做出了決定，而非出於無能，只得亂寫一通。每一句長句都可以切成幾個短句，若你不知道怎麼切分——亦即看不出長句有哪幾組簡單明晰的概念——句子本身會告訴你。

即使你偏愛長句，仍應掌握寫短句的竅門。很簡單，先把每一句話看成一串片語和子句，想一想如何讓每一個資訊變成一個句子，接下來你就能決定如何組織資訊。

練習一下：

Job hunters read and hear all the time that it's not always enough simply to be qualified for a job because, if other qualified candidates are pursuing and competing for the same vacancy, how well you

distinguish yourself from the competition is also
critical to getting hired.

求職者經常聽人家說起或在書報上讀到，光是符
合某份工作的資格還不夠，因為若有其他求職者
也對同一個職缺感興趣，加入競爭行列，你得盡
可能展現與眾不同之處，才是獲得錄取的關鍵。

這一句從未刊登在出版品上，只是我暫時扮演弗蘭肯
斯坦博士（Dr. Frankenstein），透過借屍還魂的手法，模
仿另一位作者的文筆，但已經改到看不出原來的文字。但
相信我，原文就跟上面這句差不多。

先看幾個子句：

job hunters read
and（job hunters）hear
it's（not always enough）

別忘了 *it's* 意謂著 *it* 與 *is*，兩字結合成一個子句。

to be（qualified）

前面說過不定詞也可以劃歸成子句。

other qualified candidates are pursuing

and（other qualified candidates are）competing

you distinguish

（this distinguishing）is（critical）

to getting（hired）

上面這句是另一句非限定子句。

你會發現，並非所有子句都包含了概念，有時是為了執行不同的任務。比方說，*how you distinguish yourself* 蘊藏了一個子句：*you distinguish*，但在本句中並不是一個動作，而是與 *how* 結合，當作執行動作的主詞：*How you distinguish yourself is critical*，這一句動詞是 *is*，而 *how* 帶領的子句是主詞。以下介紹幾個例子，都是將子句當成名詞，變成一句話的主詞：*What I want is a soda.*（我想喝杯汽水）、*How you look is important.*（外表很重要）、*Whatever you do is okay with me.*（不管你做什麼我都沒意見）、*That you love me is all I need to know.*（我只需要知道你愛我就夠了）。上述幾句話的主要動詞都是 *is*，而且每一句的主詞都是整個子句。

現在依照不同資訊，把這句話分成幾截來看。但這麼做並非為了找出子句，是要釐清這一句包含了幾種意思：

★ There is something that job hunters frequently hear.
（求職者經常聽人說起某件事）

★ It is also something they frequently read.
（這件事他們也常讀到）

★ Being qualified for a job isn't always enough to land a job.
（光是符合某份工作的資格還不夠）

★ Other candidates may be pursuing the same vacancy.
（其他求職者可能也對同一個職缺感興趣）

★ Other candidates may be competing for the same vacancy.
（其他求職者可能會來競爭同一個職缺）

★ Distinguishing yourself is critical to getting hired.
（展現與眾不同之處是獲得錄用的關鍵）

　　你是否看到不必要的資訊？強調求職者「聽到」並且「讀到」此事，真的那麼重要嗎？為什麼不再說下去？為何不說他們聽到、讀到、敏銳地察覺出某件事，進而推斷、明瞭、由衷理解此事的意義，或者透過指尖感受、讀取盲人點字板上的訊息，以及任何其他傳遞訊息到大腦的活動？顯然作者以為一定得同時提起「聽到」與「讀到」，否則便是疏忽。我的建議是：那就疏忽一下吧。直接說：「他們常聽人家說起」即可，只要讀者看得懂就好。沒必要打一張落落長的清單，列出求職者接收訊息的管道或方式。

　　另一個無用資訊是 *pursuing and competing...* 這一句，簡直比前面的 *read and hear* 還誇張，讓人忍不住想噴一聲。

Pursuing the same vacancy 就表示看上同一個職位；此外，*competing for the same job* 跟 *competing for the job* 又有什麼不同？*Compete*（競爭）一字暗示是同一份工作，此處再加上 *same*，等於畫蛇不忘添足，而且添了兩隻腳呢。

所以，你覺得該如何改寫原本的贅句？可能性多得數不清，我打算這麼改：

Job hunters hear it all the time: It's not always enough to be qualified for a job. You need to distinguish yourself from the competition.
求職者常聽人家這麼說：光是符合某份工作的資格還不夠，你需要展現不同之處，才能脫穎而出。

編輯過的版本就像下面這樣，槓掉的幾句以刪除線呈現，插入的幾個字則以底線表示：

Job hunters ~~read and~~ hear <u>it</u> all the time ~~that:~~ <u>i</u>It's not always enough ~~simply~~ <u>to</u> be qualified for a job<u>.</u> ~~because if other qualified candidates are pursuing and competing for the same vacancy, how well~~ <u>y</u>You <u>need to</u> distinguish yourself from the competition ~~is also critical to getting hired~~<u>.</u>

我們直接劃去 *read and* 二字。

接著改變動詞 *hear* 的受詞。原先的受詞是一整個關係子句 that it's not always enough…我們改以簡短的代名詞 *it* 取代長子句，後面接冒號，表示很快就會解釋 *it* 是指什麼。

我們把 *other qualified candidates* who are *pursuing and competing for* 全部刪去，只消兩個字 the competition 就足以充分概括。

我們將 *because if* 開頭的子句全數刪去，讀者一看就能明白。

我們在 *how* 子句中發現了動作，稍加改動，變成 *You need* 起始的主要子句，使意義更完整。

我們還拿掉臃腫無力的副詞 *simply*。

現在來看看另外一句，雖然也很糟糕，但一看就知道問題在哪裡：

Because Paul had wanted to get into doing masonry work since he was in college, due in part to the fact that, as a college student, he had always wished he could work with his hands, which gave him a satisfaction he had never known before and which he discovered only in his third year of school when he took metal shop before eventually taking a masonry course at the Home Depot, he finally decided it was time for him to take the plunge.

因為保羅從讀大學開始就想從事磚石砌造工作，

一部分是因為身為大學生的他，一向希望用雙手勞動，從中獲得不曾感受過的滿足——他大三時修習五金機械課程，發現到這一點，後來去家得寶建材零售商修一門石匠課程，終於下定決心放手一搏。

跟上一句不同的是，這一句不算複雜，既沒有拿子句當主詞，亦無明知故犯的贅字。整句話包含清晰、一目瞭然的資訊，只是很可惜，被作者一股腦兒扔進了食物調理機。不過還算好解決，況且你已經懂得運用從屬連接詞，這份工作只算小菜一碟。

先來拆解這個句子，無需考慮是否流暢、訊息的組織順序、邏輯或語調。只要審視一遍裡面的基本概念，思考如何將每一個概念歸結成一句：

★ Paul had wanted to do masonry work since he was in college.

（保羅從讀大學開始就想從事磚石砌造的工作）

★ As a college student, he had always wished he could work with his hands.

（身為大學生的他一向希望用雙手勞動）

★ It gave him a satisfaction he had never known before.

（此事給了他從不曾感受過的滿足）

★ He discovered this only in his third year of school.

（他大三時就發現到這一點）

★ He took metal shop.

（他修了五金機械課程）

★ Then he took a masonry course at the Home Depot.

（然後他去家得寶建材零售商修習石匠課程）

★ He finally decided it was time to take the plunge.

（他終於下定決心放手一搏）

　　先斷成幾句並不是最後的成果。首先，作者用 *before* 與 *when* 這類從屬連接詞來描述並無時間順序的事件，一旦我們拿掉這些連接詞，一連串事件便失去了意義。不過現在我們發現作者滿心只想塞進更多背景資訊。此外，拆解成短句之後，幾個明晰的概念便浮現出來，我們可以將其重新排列，如同小孩玩骨牌一般，想怎麼排都行。以下順序更富於邏輯性：

★ Paul wanted to learn how to do masonry work.

（保羅想學會磚石砌造）

★ He had wanted this since he was in college.

（他從讀大學開始就想這麼做）

★ In his third year of college, he had taken metal shop.

（他大三時修了一門五金機械課）

★ Then he took a masonry class at the Home Depot.

（然後他去家得寶建材零售商修一門石匠課程）

★ Working with his hands gave him a satisfaction he had never known before.

（用雙手勞動給了他不曾感受過的滿足）

★ He finally decided it was time to take the plunge.

（他終於下定決心放手一搏）

　　但仍需要修改，譬如我們還沒提到他**何時**決定放手一搏。原先的例句較為明確，讀者知道指的是現在，改寫後反而失去了這個優點。但無論如何，如今的寫法雖未考慮時間次序，但比較有邏輯，因果關係顯現了出來，可以說更接近成品階段。現在是進一步做抉擇的時候，思量如何安排、重組訊息，決定什麼該添、什麼該刪：

　　Working with his hands gave Paul a satisfaction he had never known before. He discovered this passion in college when he took metal shop. As soon as the semester ended, he signed up for a masonry class at the Home Depot. Now, at age fifty-one, he could no longer deny that this the only work he had ever wanted to do. It was time, he decided, to take the plunge.

　　用雙手勞動給保羅從不曾有過的滿足感，他在修五金機械課時發現自己在這方面充滿熱情。那個學期結束後，他報名參加家得寶建材零售商的石匠課程。如今他已經五十一歲，再也無法否認這

是他這輩子唯一想做的工作。他下定決心要放手一搏。

也可以這麼寫：

Since college, Paul had wanted to work with his hands. A metal shop class in his third year inspired him to take a masonry class at the Home Depot. Working with his hands gave him a satisfaction he had never known. Finally, thirty years later, he decided it was time to leave the accounting field and pursue his dream.

從大學時代開始，保羅就希望用雙手幹活。大三時修的五金機械課激發他去上家得寶建材零售商開設的石匠課程。雙手勞動給予他從未有過的滿足。三十年後，他總算決定離開會計領域，追尋自己的夢想。

順帶一提，如果你剛開始寫出比較散漫的長句，用不著太難受。很多人都得經過類似的寫作過程——我自己就寫過又臭又長的句子——絕不表示你是彆腳的作者或者沒天分，只表示你在寫出好句子之前，必須先把雜亂無章的想法記在紙上，再加以釐清。我認為有些人能夠先在腦子裡整理思緒，直接寫在紙上很了不起，但絕非表示他們一定比較好。一開始寫下呆板笨拙的句子沒什麼不對，只要你

能再讀一遍，看看哪些地方需要修潤，讓句子更曉暢。

再來分析另一個句子。這一句比較複雜，是根據一位專業作家尚未出版的句子加以改寫：

> In addition to assisting her with the practical aspects of returning to school（such as writing a successful application essay and obtaining financial aid）, Elizabeth, the center's advisor, who was always quick with a smile and a word of encouragement, helped Rona address her feelings of self-doubt, uncertainty, and apprehensiveness.
>
> 除了協助她辦理回校的實際事宜（像是寫一篇很棒的入學申請論文並獲得補助），中心的諮詢顧問伊莉莎白總是笑臉迎人，常說些鼓勵人的話，還幫助羅娜排解自我懷疑、不確定與內心的焦慮。

首先把主要子句分離出來，你知道是哪一個嗎？本句的主要動作是 *helped*，執行動作的人，亦即主詞，是 *Elizabeth*。然而作者在主詞和動詞之間塞進了十五個字，因此無法讓讀者立刻看懂這句話。沒錯，你當然可以分開主詞和動詞，但前提是有助於提升句子的效果，但此處只不過是給原本就很熱鬧的句子添加更多字而已。

以 *In addition to* 一詞開頭如何？一口氣放入太多訊息，附帶提一句，這叫做狀語，第七章會詳細介紹副詞和狀語

的用法。現在重點是，是否適合將全部資訊納入這句話？當然不適合。

那麼該如何拆解這句龐雜的句子？通常最容易的方式是把連接詞、填補詞、括弧和其他用來連接的東西全部丟棄，將剩下來的東西寫成簡單句。也就是說，一一找出子句和／或明確的想法，逐一寫下來：

Elizabeth assisted Rona with the practical aspects of returning to school. She helped Rona write an application essay and apply for financial aid. Elizabeth was the center's advisor. She was always quick with a smile or a word of encouragement. She helped Rona address her feelings of self-doubt, uncertainty, and apprehensiveness.

伊莉莎白協助羅娜辦理回校事宜，她幫助羅娜寫出一篇很棒的入學申請論文，申請補助。伊莉莎白是中心的諮詢顧問，總是笑臉迎人，或說些鼓勵的話。她幫助羅娜排解自我懷疑、不確定與內心的焦慮。

現在我們發現上一句的缺點主要是因為纏夾不清，其實可以用簡易清晰的方式表達同樣清晰簡單的概念。用這種方式濃縮最大的好處是，你有更多的選擇。你可以重新安排幾件事，再決定強調哪一件事。比方說，我想把伊莉

莎白的職稱往前調，你不妨改變動詞時態，以形成現今與昔日的對比，衡量 *Elizabeth <u>had</u> assisted* 是否比過去簡單式 *Elizabeth assisted* 更好。（想了解動詞時態，第十二章有更詳細的說明。）你也可以插入別的字，帶出因果關係：*Because she was always quick with a smile or a word of encouragement, Elizabeth helped Rona with her feelings of self-doubt, uncertainty, and apprehensiveness.*（因為她總是笑臉迎人，常說一兩句鼓勵人的話，伊莉莎白幫助羅娜排解自我懷疑、不確定以及內心的焦慮。）此時你可能會質疑 *uncertainty* 與 *self-doubt* 算不算冗贅，問自己兩字是否真有不同，再決定部分資訊，尤其是置於括弧內的文字，該不該另起一句話，畢竟它沒那麼重要。

我個人喜愛有條理、不拖泥帶水的文字，大概像這樣：

Elizabeth, the center's advisor, assisted Roan with the practical aspects of returning to school. She helped Rona write an application essay and apply for financial aid. Always quick with a smile or a word of encouragement, Elizabeth also helped Rona address her feelings of self-doubt and apprehensiveness.
中心的諮詢顧問伊莉莎白協助羅娜辦理回校事宜。她幫助羅娜寫出一篇很棒的入學申請論文，申請補助。總是笑臉迎人、經常鼓勵人的伊莉莎白，也幫助羅娜排解自我懷疑與內心的焦慮。

沒有標準答案。再提醒一次，每次改寫都有風險，可能喪失一部分意義或資訊，甚至可能讓句子與事實脫節。因此在力求清晰的改寫過程中，作者仍必須掌握準確性與意義。

　　但假如你要的不是清晰，又該怎麼辦？你就是要它亂，因為你不是為了傳達一連串簡單明瞭的概念而寫；恰恰相反，你打算傳達一種情緒、感受、讓事物呈現出迷霧般的面貌。那麼你可能會寫出這樣的句子：

At the hour he'd always choose when the shadows were long and the ancient road was shaped before him in the rose and canted light like a dream of the past where the painted ponies and the riders of that lost nation came down out of the north with their faces chalked and their long hair plaited and each armed for war which was their life and the women and children and women with children at the breasts all of them pledged in blood and redeemable in blood only.

他總是選擇這樣的時分：當影子拉長，古老道路浸在斜斜的玫瑰紅光線當中，如同逝去的舊夢——那時候，如今已淪亡國家的騎士騎在斑紋馬的馬背上，遠從北方而來，臉塗上白堊、把長髮打成辮子，每個人都全副武裝備戰，此役猶如他們的性命，既然身邊的女人和孩子，以及胸前抱著小

孩的女人，其性命全以鮮血典當，唯有鮮血方能
贖回。

　　這樣寫會顯得你很糟糕嗎？別人會誤以為你不懂得掌握
短句、甚至完整句的力量嗎？你完全猜錯了，寫出這樣的一
句話會讓你變成戈馬克・麥卡錫（Cormac McCarthy），普
立茲獎得主，更是某些人眼中當代最偉大的作家之一。雖
說我偏好短句，這麼寫也會讓你脫穎而出，變成不可多得
的例外。我愛極了麥卡錫這一句，儘管這句話一旦脫離
《所有漂亮的馬》（*All the Pretty Horses*）這本書，便顯露出
缺陷，很難為它開脫，然而在原著中的確發揮了力量。這
一句很亂，但本來就不打算讓它有條理，整體並非各部位
的總和，反而搖身一變、成為截然不同的東西——絕不只是
一連串事件，而是一種神祕朦朧、無可追攀的感受，因為
這些逝去的淒美事物永遠不會再回來。
　　位置也很重要。先前從《贖罪》裡擷取的那一句，我
認為最不妥的一點在於它是小說的第一句。假如上面這一
句也是《所有漂亮的馬》的開頭句，我絕不會往下讀。但
它不是。作者在小說敘述進展到某個階段——前面早已用許
多簡單明瞭的句子打好了基礎——插入這一句當作調味，藉
以提振文氣。
　　為什麼我會這麼說？我有何資格說這樣的話？誠然我
不是全世界公認的英文長句權威，但我的確有資格評斷長
句是好或壞，因為我是麥卡錫的讀者。我有絕對權力說他

的句子是否打動了我。的確是有，他甘冒奇險，而且一如預期贏了。

不妨試試將文章分成兩類：工藝與藝術。若你想用打造工藝品的技巧寫作，盡可能多寫短句。注意我是說多寫，因為就算是最頑固的短句派人士也承認太多短句串在一起，好比沉悶的嗡嗡聲。短、長句交替出現能使文章的節奏更美妙，更加貼近讀者。撰寫商業書信、新聞稿、非小說類書籍、類型小說的人，偏重內容勝於形式，通常屬於工藝範疇，短句或許是個優點。

倘若你以藝術為目標，那麼前面說的都不算數。作者的眼中只有藝術與美，而不是清楚明白、好讀為上。假如你認為自己寫下的八十九字長句能為讀者提供更棒的閱讀經驗，不必執著於短句，寫吧。好好瘋一回。但記住，短句也可以是藝術。喜愛海明威的讀者都會這麼告訴你。麥卡錫本身就是個明證：

He squatted and watched it. He could smell the smoke. He wet his finger and held it to the wind.

他蹲下來看。他聞到煙味。他沾濕手指，讓乾燥的風吹乾。

麥卡錫常寫短句，這一段擷自《長路》（*The Road*）的文字足以證明。他甚至愛用不完整句，運用得極其巧妙。他既能收也能放，證明我說得沒錯：只有先在最簡單粗糙

的形式中看出其中蘊含的概念,才知道如何用各種方式串起句子,讓極長的句子也能產生效果。

　　假如你這一生從未打算寫短句——即使你的偶像是強納森‧柯(Jonathan Coe),他那本《無賴俱樂部》(*The Rotters' Club*)有一個句子長達 13,995 字——你仍得學會寫短句。能寫短句,才更能掌握長句,幫助你找到更好的方式安排文字,創造出意義與美感。

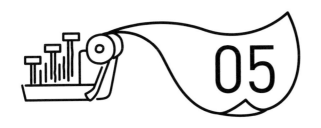

05

文字如野馬脫韁

有些句子說了等於沒說，甚至比不說更糟糕

Hanukkah, celebrated for eight nights, has traditionally meant one gift per night per child. You needn't do the math to figure out the number of gifts and cost when a Jewish grandparent has more than one grandchild.

光明節一連慶祝八個晚上，傳統上的意思是每個小孩每天晚上拿到一份禮物。膝下不止一個孫子的猶太祖父母，不需要算數也能算出要給幾份禮物，得花多少錢。

我很愛這段摘錄，我某天審稿時發現了這一小段，覺得真的太好笑，是很狡猾的寫法。這一段最後沒有發表，作者應該也希望沒人曉得是他寫的，這例子算得上相當常見，告訴我們寫作時沒仔細感受文字的意義，就可能出錯。還沒看出問題在哪嗎？不要緊。要不是我那天喝了夠

多的咖啡，也可能沒發現這一句話有多荒腔走板：*You needn't do the math to figure out the number.*

呃，其實這不就是數學的用處嗎？

這一句教會我們寶貴的一課：傾聽你的文字。小心揀擇字眼。寫作時偶一失神或麻木，就算是第一流作者也可能寫出毫無意義的句子。要是你注意用字，你會發現問題，重寫，表達心中真正的意思，也許改成下面這樣：

> You needn't do the math to see how quickly the costs can mount.
> 你不需要計算，也知道費用增加得有多快。

這句話並未偏離原作者的意思。他想表示費用累計得極快，馬上就能看出來。改寫後的文字切中要點，同時刪去了可笑不通的用語。

再舉一例證明文字有時候會脫離作者的掌控：

> The concert venue holds higher stakes for its performers by having the reach of a global audience through onsite TV and radio production broadcasting facilities.
> 這個演唱會場地對表演者來說很重要，因為它透過現場電視直播和廣播播送設備，有全球觀眾的觸及。

這個句子從頭到尾都很笨拙，但引起我興趣的是 by having the reach of a global audience，因為 of 一字暗示了持有。想一想這句：to have the brains of Albert Einstein or the wit of Stephen Colbert（有愛因斯坦的頭腦或史蒂芬‧荷伯的機智），所以當你説 you have the reach of a global audience，是表示你的觸及跟全球觀眾觸及一樣遠，但原意並非如此。作者的意思是這個場地能夠觸及全球觀眾，因此觀眾不是主動伸手去觸及，而是被觸及的一方。但不知何故，作者太過執著於 *the reach of* 一詞，就算明明不能用在這裡，也不肯換掉。其實他只需要思考自己到底想説什麼：

The concert venue holds higher stakes for its performers ~~by having the~~ because it can reach ~~of a~~ global audience through onsite TV and radio production broadcasting facilities.
這個演唱會場地對表演者來說很重要，因為它透過現場電視直播和廣播播送設備，能夠觸及全球各地的觀眾。

我在審稿時還碰過另外兩個句子：

It's as enticing as the caramel topping on a candied apple.

就像糖漬蘋果上的焦糖一樣誘人。

Autumn is a great time to enjoy the region's ambient weather.

秋天是享受這一帶周圍天氣的好時光。

看到「淋在糖漬蘋果上的焦糖」，我露出微笑，但看到「周遭天氣」，我忍不住笑了出來。*Ambient* 是指「周遭地區或環境」，但作者似乎覺得世界上有周圍天氣和非周圍天氣，一定得做出區別才行。顯然他只是喜愛文字唸出來的聲音，沒考慮到意義。我槓掉了 *ambient*。

至於這份大融匯甜點，就算真的有哪幾州的人會把焦糖淋在紅通通的糖漬蘋果上，這一句的寫法仍舊不可原諒。要是你覺得蘋果上的焦糖很誘人，大概就會覺得焦糖蘋果好吃吧。沒必要特別指明是上頭淋的東西最誘人，白白浪費了幾個字，至少這個例子是如此。但假如作者只愛焦糖，不愛吃蘋果，焦糖蘋果就不算是惹人垂涎的好例子——腦海中浮現了蘸滿巧克力醬的螞蟻。

我把這句話改成：

It's as enticing as the caramel apple.

就像焦糖蘋果一樣誘人。

作者不太留意用字的問題似乎最常見於新聞報導或特寫。另一方面，許多新手作家的問題剛好相反——他們太注

意用字，努力創造出氣勢非凡的隱喻，或別出機杼，翻轉字詞原本的意義。諷刺的是，新手作家和欠缺思考的非文學類作者最終面臨同樣的問題：讓意義逸出了掌握。

> The sun had stewed all night for that morning. At first light it glared furiously on Lucy's hometown. Lucy was an illness-fated girl. She had passed away during that night. Her body distilled into morning where it slowly began to suppurate. Her basement room drew dark stains as electricity became one with the aged drywall. An indifferent monotone shirred. There was an aroma of singed hair when it happened.
>
> 整晚都很悶熱，好似日頭等不及清晨出現。打從第一道光開始，太陽毒辣地照耀露西的家鄉。露西是個命中多病的女孩。她在那晚過世了，她的屍身一直蒸餾到早上，逐漸開始腐爛。她住的地下室長滿了深色污點，因為電燈開關裝在年代久遠的石膏牆上。冷淡而單調的聲音嗡嗡地震動；聲音出現時，聞到一股頭髮燒焦的氣味。

這一段是經過變裝的文字，原先版本略好一些，但也好不了多少，包含同樣的問題。

每當讀到這樣的文字，我就忍不住想到希臘神話中的美貌少年納西索斯，為自己的水中倒影深深著迷，最後跌

進池水之中溺斃。要是你只顧欣賞自己的寫作技巧，想像日頭的熱氣醞釀了整晚，或屍體有如經過蒸餾，乾脆拔掉網路線，把口香糖黏在隨身碟上，出門去痛快玩一場吧。千萬別指望讀者也會愛上你的美妙文字，直到無可自拔、與你一同跳入池水中。隱喻的確很美，有時能發揮雷霆萬鈞的力量，但許多作者——包括我們在內——都不足以駕馭。

我無法告訴你如何寫出動人的隱喻，但我可以教你如何分辨隱喻的好壞。其實你已經知道了，關鍵在於作者寫的時候，是努力貼近讀者，還是只想到自己。

以小說讀者來說，不管讀的是通俗小說或嚴肅文學，都想聽人講故事。如果你能寫出美麗絕倫、無需依賴文章脈絡而存在的隱喻，亦即隱喻帶給讀者的樂趣不亞於故事本身，那麼這一則隱喻本身就是藝術。但一般來說，若你發現某種措辭、類比、對照或隱喻，無法加強讀者的閱讀體驗，就換成淺白的文字吧。這麼一來，就算你無法寫出神曲般的美妙文字，起碼還能好好說故事。

以下是去除多餘藻飾的寫法，只講出故事大意，不追求文字風格：

Lucy had always a sickly girl. On the night she died, dark stains appeared on the aged drywall of her basement room. The next morning, as the sun beat down mercilessly, there was a mysterious sound—an indifferent monotone. The smell of burned hair hung in the air.

露西生前是個多病的女孩。她死的那一晚，深色污點出現在地下室裡年代久遠的石膏牆。隔天早上，當烈日無情地照進來，神祕的聲音出現了——聽來冷淡而單調。頭髮燒焦的氣味在空氣中飄散。

但作者不太可能願意這麼寫，這位尚無作品發表的作者醉心於自己的文字功力；事實上，他坦白說很愛其中一個隱喻概念，非保留不可，即使好幾位作者都勸他拿掉。

或許很多讀者不覺得改寫版本比較好。（拜託，連我自己都不滿意。）改寫段落捨棄了許多資訊，包括某些人覺得極其重要的事實與意象。但大家應該都同意這個版本比較能夠讓故事進展下去，至少告訴你發生了什麼事，而不是在事件發生之前，日頭產生了什麼變化。而且這一段的文字清楚明白。

比方說，我們拿掉了 *an indifferent monotone shirred*，原文裡這一句令人感到不知所云。作者只是想說某處傳來聲音，但 *a noise* 與 *a sound* 都遠比 *a monotone*（單調）具體。原文讓人疑惑：是什麼樣的 *monotone* ？於是我們加入另一個字 *sound*，利用同位語來解答這個疑問。當你聽到哪兒傳來奇怪的聲響，這是重要有趣的事實，就得以慎重的方式來寫：毫無保留地說清楚，才對得起這個引人入勝的故事元素。

我們也刪去了 *shirred*。作者用錯了，此字的意思是「搜集布料、縫成一長條」。話雖如此，我剛看見這字，險些被作者說服，最後當然是沒有。此字使人聯想到 *whir*（嗡嗡地震動），但更加輕柔。但撇開用錯字不談，這一段幾乎全採用模稜兩可的字，每一個字都無法確定下來，所以一定得拿掉一部分的字。原本這句話主詞是 *a monotone*，動詞是 *shirred*，聽起來完全是在和稀泥，前後幾句話也是同樣情況，完全不對勁。

我們用 *sickly* 取代了 *illness-fated*，是因為 *sickly* 這個字很好？不，其實它太通俗，但無論如何也比 *illness-fated* 好得多。自創的複合修飾語都很危險。你可以說 A man is doomed to failure.（一個男人注定失敗），但你真的打算叫他 *a failure-doomed man*？這個作者找到了不錯的意思：Lucy was fated to suffer illnesses.（露西注定多病），卻沒找到足以產生意義的說法。他得「殺掉心愛的人」，套句史蒂芬．金的口頭禪，意思是當丟則丟。

我們也拿掉 *drew dark stains* 的說法。*drew* 是 *draw* 的過去式，難道石膏牆真的會吸引深色污點，一如糞肥吸引蒼蠅？還是說牆壁自己拿筆畫上了污點？上述是 *draw* 一字最普遍的兩種定義，全都說不通。也許作者會說自己想追求曖昧模糊，就算如此也不要緊，因為根本行不通。所以我們刪去這三字，換上一清如水的 *dark stains appeared*，讓有趣的故事細節自行浮現。

當然，這類校訂、改動純粹出自主觀判斷。創意寫作

不需要被邏輯、常識或條理清晰綁住，但為讀者設想的文章必須將這類寫法納入考量。

當你動手寫，有時想用「a towering steel-belted radial」（高大、束著鋼帶的輻射層輪胎）形容一個男人，或說一個女人像「a field of lichen」（一大片青苔），或以「a glinting and gaping death tube」（閃閃發亮、敞開的死亡之管）來描述一把槍，但在正式落筆或敲打鍵盤前，停下來想想：對故事與讀者來說，這是最好的寫法嗎？

看過一整串毫無意義的字疊在一處嗎？你得先離開小說和新聞特寫，因為典型的例子存在於行銷文案裡。如果你想知道何謂湊出空虛字眼的黃金守則，讀一讀這篇水療文案吧：

Customized scrubs and sea salt baths begin with the choice of one of four aroma essences. Each essence, a blend of 100% pure essential oils with certified organic ingredients, is inspired by the elements.

為不同客人調配的獨一無二去角質和海鹽浴，就從四種芳香精油開始。每一種精油都是 100% 純正精油與通過認證的有機成分調製而成，是從大自然獲得的靈感。

沒錯，這種物質不就是精油與其他成分調製而成的嗎？果然是神來之筆。當然，唯有當你試圖避免提到任何具體

事物，這種寫法才算得上神來之筆。但這種情況極其罕見，即使是行銷文案寫手也很少這麼寫，因為大部分一流的行銷文案包含了具體資訊，但水療是例外，因為若不盡量運用空靈筆法，就只能這麼寫了：「我們把爛泥巴和食物在你身上塗抹一小時。」

重點是：注意用字。寫作時盡量別分神，也不要被腦子裡的陳腔濫調催眠，讓它們悄悄溜進文字當中。寫完之後重讀一遍，用審查的眼光仔細看，把問題揪出來：don't have to do the math to figure out the number（不必算數，也可以得出數字）是否有語病？*monotone shirred* 一詞真的有意義嗎？或者，是否有其他更明確的陳述方式？

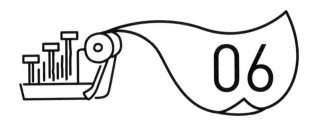

文字缺乏力道

力求明確，切勿含糊不清

哪一句比較吸引人？

The person was moving through the place carrying the things.
這人提著東西走過此地。

The escaped Bellevue patient was hauling ass down the diaper aisle grasping a clump of Tom's hair in one hand and Grandpa's truss in the other.
這個從貝爾維尤醫院逃出的病人一手抓著湯姆的一叢頭髮，一手拿著爺爺的支架，快步走過尿布區。

記住這個對比，因為看起來很簡單，但找出明確的字

眼有時比想像中困難。事實上，選擇含糊、概略、不夠精確的字眼是寫作者最常犯的錯誤，即使是優秀作家也一樣。大家都說，寫作就是做出抉擇，而句子是工具，小說作者運用句子讓讀者知道，每一個抉擇都是仔細忖量後的結果。新聞報導或特寫的作者透過句子，證明他們的確注意到細節，好讓讀者充分感受到當時情況。要做到這一點，只有盡你所能、找出最明確的字眼。

　　先看一下有哪些模糊的字讓作者陷入困境，又有哪些字能帶他們走出來。

含糊	稍微明確	非常明確
食物	三明治	酪梨沙丁魚帶汁帕里尼
影響	獲益	一年增加了上百萬利潤
出發	走路	迷迷糊糊地漫步
互動	調情	脫掉胸罩、輕微抖動，同時雙眼不曾離開過對方
物品	日常雜貨	午餐餐盒和衣物柔軟精從塑膠袋裡倒了出來
效果	不良副作用	睪丸扭轉
武器	槍砲	短身霰彈槍槍柄上貼著《鬼靈精》小女主角 Cindy Lou Who 的貼紙
吵雜聲	叫喊	大喊「佔領我吧，羅納多！」
建築	房屋	安妮女王風格的大豪宅，佔去這塊半英畝土地的 92% 面積
人	老人	留著八字鬍、年約八十餘的街頭手風琴師，身旁有一隻暴躁的猴子

有些字眼如 *structure*（建築）、*items*（物品）、*person*（人）等等無法為你的句子帶來實質意義，充其量只能算是具體事物軟弱無力的陰影。問自己是否有更具體的字能夠為讀者帶來更真實的閱讀經驗。答案有時是否定的，但大部分的時候你會找到好上許多的字，不必囿於含混不清的字眼。

但不管你寫什麼，都別讓懶惰或怯懦影響你的遣詞用字。假如你不確定筆下的人物是否愛吃沙丁魚、願不願意跟叫羅納多的傢伙睡覺、或有無穿胸罩，唔，很抱歉，你必須在定稿之前想清楚，否則等於是把責任轉嫁到讀者身上，彷彿在說：「老天！我實在不確定她會用哪一種槍，交給你決定，好吧？」這樣很不公平。同樣原則適用於記者與其他非小說類作者，若你有機會採訪女王，沒注意到她吃了什麼，你不能光寫：「她咬了某樣東西一口。」除非你能具體寫出來，否則提都別提。沒必要寫得鉅細靡遺，但你提出的細節必須能給予讀者生動豐富的閱讀饗宴，彷彿一伸手便可觸及。的確，太多細節可能弄巧成拙，但努力找出更明確的字眼，是寫出生動句子的不二法門。

捧讀小說時，我不想看到這種描述：「某人聽到吵雜聲」、「竊賊偷了些東西」、「你的措施產生了效果」、「公司總裁推動一項新措施」，或「你的員工很喜歡這次聚會」。

我要「訇地一聲」、「偷走歐米茄腕表」、「監控電子郵件，突然開除某人」。告訴我總裁禁止講私人電話，或會

計部門在倉庫裡舉行一年一度的方塊舞和狂歡宴會。

選用明確的字。養成習慣，隨時檢查名詞和動詞，經常問自己有無把握機會，將當時的情景召喚到讀者眼前。這個習慣開啟了無窮的可能。

The woman took her car to the dealer to get some needed repairs.
這女人拿車去汽車經銷商那兒，做必要的維修。

不妨改成：

The retired burlesque dancer drove her rusted pink Lincoln to Smilin' Bob Baxter's GM dealership for a new transmission and new tires and to patch the two dozen cigarette holes in the white leather upholstery.
這名退休的滑稽劇舞者開著她那輛生鏽的粉紅色林肯汽車，到微笑鮑勃巴斯特開的通用汽車經銷廠去，換變速箱和輪胎，順便補綴白色皮革座椅上的二十幾處香菸燒出的洞。

或者，

The decorated veteran of Operation Desert Storm, a recipient of two purple hearts, undid the top button of

her Kmart blouse and tried to smile as she drove her
sputtering 1984 Celica up to the service window at the
glistening Toyota/Lexus dealership.

這名從沙漠風暴行動中退役、獲得兩枚紫心勳章
的女軍官，敞開了卡瑪特超市買來的上衣最上頭
的鈕扣，開著引擎劈啪響、1984 年出廠的 Celica
到嶄新閃亮的豐田汽車服務中心，抵達窗口時試
圖擠出微笑。

或者，

"Shotgun Granny" Evans squealed her tires as her
dusty F-150 pickup truck pulled in to Ward's Ford.

「霰彈槍奶奶」埃芳斯在瓦德開的福特車廠前，停
下她那輛滿佈灰塵的 F-150 載貨卡車，輪胎唧唧嘎
嘎地響。

簡短些也無妨：

Lisbeth drove her Prius to Campbell's Toyota for new
brake pads.

麗絲貝開著她的 Prius 去坎貝爾的豐田汽車廠換剎
車片。

並不是每個句子都得包含細節和描述詞語，但學著挑出含糊的字，棄之不用，你會發現更多種選擇，因而獲得更強大的力量，為你正在寫的文章與讀者建構出更棒的句子。

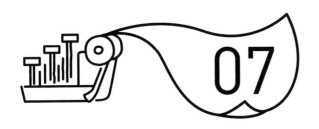

過猶不及
揭開副詞的面紗

　　關於英文句子寫作，歷來最有名的忠告大概是避免用副詞。但我猜吐出這一類建言的人，十有九人沒辦法通過下面的測驗。把這一句的副詞統統找出來：

> Knowing well that I can visit you there soon is not really very helpful, as I am not well and therefore cannot prudently travel tomorrow.
> 深知我很快就能去找你也沒用，因為我身體不適；
> 為求謹慎，明天最好別出遠門。

　　你抓到 *prudently* 了？很好，得一分。要是你同時揪出 *really*，你就得兩分了。有發現 *well* 嗎？很厲害，但只有一個才算分，因為第二個 *well* 並非副詞。先假設這些都正確，那麼你拿到三分。掌聲鼓勵一下，畢竟從八個副詞裡找出

三個還算不賴。

　　沒錯，這句話裡有八個副詞，分別是第一個 *well, there, soon, really, very, therefore, prudently,* 以及 *tomorrow*。是的，tomorrow 是時間副詞。不相信我的話？翻一下字典，我會等你。

　　常有人說副詞對文章造成傷害，他們說的是特定類型的副詞，叫做情狀副詞，即使他們並不十分清楚這一點。情狀副詞是描述動作發生的狀況，像是 *walk quickly*（走得很快）、*eat slowly*（吃得很慢）、*dance enthusiastically*（舞動得很熱烈）。這種說法並非毫無道理，但唯有真正了解的人才知道怎麼用。因此我們應當先通盤掌握副詞的概念，再來探討情狀副詞的優缺點，以及何時可以用。

　　副詞堪稱文法世界保存最完好的祕密，很難一眼窺破它們的真實身分。我認為副詞是英文最大的謎團，儘管大家在學校都上過文法，許多人甚至還記得《搖滾校園》編的副詞歌，但沒幾個人了解副詞是什麼。

　　我有辦法釐清何謂副詞，副詞是用來回答下面任何一個問題：

★ 何時？
　　I'll see you <u>tomorrow</u>.（何時？<u>明天</u>見）
★ 何處？
　　Go play <u>outside</u>.（何處？去<u>外面</u>玩。）
★ 是何種狀況或情形？

Sue ran <u>quickly</u>.（是何種狀況或情形？蘇跑得<u>快</u>。）

★ 程度、多寡或頻率？

You're <u>very</u> early.（你<u>很</u>早到。）；You're <u>rarely</u> late.（你<u>很少</u>遲到。）

　　副詞也可以為全句下評論，例如：*<u>Frankly</u>, my dear, I don't give a damn.*（<u>坦白說</u>，親愛的，我才不在意呢），便叫做句子副詞。此外，副詞亦可連接前一句：*<u>Consequently</u>, the engine exploded.*（<u>因此</u>引擎爆炸了），稱之為連接副詞。

　　副詞可用來修飾動詞：*Mark whistles <u>happily</u>.*（馬克<u>開心地</u>吹口哨），也可修飾形容詞：*Betty is <u>extremely</u> tall.*（貝蒂<u>非常</u>高），或修飾其他副詞：*Mark whistles <u>extremely</u> happily.*（馬克<u>非常</u>開心地吹口哨），甚至修飾全句：*<u>However</u>, I don't care.*（<u>然而</u>我不在意）。

　　還有一種東西稱為狀語，可能是副詞，也可能不是：

Additionally, there will be cake.

In addition, there will be cake.

另外會有蛋糕。

　　不妨把狀語想成具副詞功能的字，用以回答「何時？」、「何處？」、「狀況如何？」或修飾整個想法。上面的 *additionally* 是連接副詞，功能是狀語。但第二個例子的 *in addition* 則是介係詞片語，也具有狀語的功能。試著把副

詞想成某種階級或俱樂部，而狀語則是一項職務。編纂字典的人通常握有最大的權力，決定某個字有無克盡職責，是否夠格成為俱樂部會員。這就是為什麼字典可能將 *tomorrow* 納入副詞，但 *Tuesday* 卻只能是名詞。如果說 *I'll see you <u>tomorrow.</u>*，*tomorrow* 一字是執行狀語職務的副詞，告訴我們是何時發生的。但在 *I'll see you <u>Tuesday</u>.*，*Tuesday* 卻是具同樣功能的名詞。*Tuesday* 不能算是副詞，只因為大多數編纂字典的專家還未讓它成為俱樂部的一員。

許多副詞也屬於其他詞類。翻開字典查 *tomorrow* 一字，發現它也是名詞，端視它在句中執行何種工作。若你說 *Tomorrow can't come soon enough*（真等不及明天來到），*tomorrow* 負責執行動作，所以是名詞。而在 *I'll see you tomorrow* 一句中，*tomorrow* 用來回答「何時」，因此是副詞。

當你用 *Well* 形容一項動作時，它就是副詞。但查一下字典，你會發現也有形容詞意義，指「健康的」，所以 *I am well* 的 *well*（健康的）是形容詞，*I do well* 的 *well*（很棒）則是副詞。

精通副詞的各種用法需要時間，而且坦白說，不需要精通就能寫出好句子。你只需要熟記這三件事：

1. 副詞是非常大的群體，包括大家都知道的 -ly 字尾的字，但也包含了其他種類的字。要想找出副詞，先看看它們是否能回答下列問題：**何時、何處、如**

何發生、程度、何種情形。若仍有疑問，翻查字典，最好能同時查兩、三種字典。

2. 聽到有人說寫作時別用副詞，其實他是在說最好避免情狀副詞，也就是回答**何種狀況**或**到什麼程度**的副詞。

3. 狀語可能是一個字，也可能是完整片語，把「何時發生」、「在何處發生」、「如何發生」三種類型的資訊塞進一句話裡，如 *I'll exercise <u>on Monday.</u>*（我<u>星期一</u>要運動），或為某一句話提出評論：*Tragically, Jonas was fired. In consequence, he found a new job.*（<u>可悲的是</u>，喬納斯被炒魷魚。<u>因此</u>，他找了份新工作。）

現在總算可以談談歷來最常提出的忠告：避免用（情狀）副詞。提出此一勸告的人，腦海中大概浮現出這樣的句子：

Brenda Bee is the author of two books on knitting and has previously written three children's books.
布蘭妲·畢是兩本針織書籍的作者，而且已經寫了三本童書。

Yuri was formerly a dancer with the Bolshoi ballet for eleven years.

尤麗從前在莫斯科大劇院芭蕾舞團當舞者，長達十一年。

上面兩句的情狀副詞糟透了。就這樣。兩個副詞都是贅字。*Bee has written* 和 *Bee has previously written* 有什麼不同？完全沒有。尤麗這一句也一樣，*was a dancer* 的過去式動詞已經說明了一切，加上副詞 *formerly* 純屬多此一舉，只創造出一連串廢話的效果，彷彿告訴讀者：「嘿，我隨便寫寫，你就隨便看看囉。」

再來看另一個例子：

People who aren't happy in their jobs may be more likely to stay with their current employers than look for new ones because they see so many Americans involuntarily losing their jobs.

不滿意目前工作的人仍然可能繼續待在原公司，不太可能去找新工作，因為他們發現許多美國人非自願性地失去工作。

這一句節錄自某位資深專欄作家的一篇文章，足以證明即使是最能寫的作者也難免搞不定副詞。*Involuntarily losing their jobs* 與 *losing their jobs* 沒有半分差別，至少在這一句裡是如此。讀者明白了，你無需再告訴他，被解雇並非出於自願。

我們刪去副詞時，不僅拿掉了贅字，同時也提升句子的效果，證明「少就是多」的價值：

because they see so many Americans losing their jobs.
因為他們發現許多美國人失去了工作。

　　最具代表性的寫作忠告是：「不要用說的，演給他們看」，這一句具體而微地證實此言不虛。丟掉工作是一件事，讀者一看就明白，不需要多餘的描述或價值判斷。你可以用副詞來形容動作是什麼樣子：*Kevin slammed the door forcefully.*（凱文用力摔上門），但若能呈現動作帶來的後果，如 *Kevin slammed the door, shattering the wood.*（凱文大力關門，震碎了木頭。），效果更佳。
　　現在來看情狀副詞用得不好時，會產生什麼問題：

Ralph maniacally gave Joseph a sneer, then crazily and angrily began walking toward him.
羅夫狠狠地對喬瑟夫冷笑一聲，然後激動生氣地朝他走過去。

"I want you," Aileen purred sexily.
「我要你，」艾琳性感地咕噥著。

　　這兩句的問題比較微妙，很適合用 2007 年電影《美國

黑幫》（*American Gangster*）中的一句台詞來概括。

在那部電影中，丹佐・華盛頓（Denzel Washington）飾演的法蘭克・盧卡斯（Frank Lucas）是權勢熏天的黑道老大，但穿著風格樸素，像個銀行經理，跟那些穿閃亮黑貂毛大衣的同輩形成極強烈的對比。他解釋為何裝扮如此低調：「會議室裡最小尾的那個穿得最浮誇。」

由上面的例句來看，句中的情狀副詞原本用來強調動作，結果反而削弱了動作的效果。直接說 *Ralph gave Joseph a sneer, then began walking toward him* 隱隱藏著一股氣勢，卻被連續三個誇張的情狀副詞給毀了。第二句不妨改成 *"I want you," Aileen purred*，不需要 sexily 就很性感。給讀者留一點想像。拿掉不必要的藻飾，簡單是力量。

副詞可能適得其反，削弱了概念本身的威力。回到第四章提過的例子，比較一下這兩句的寫法：

I brutally killed him. I truly didn't want to. But he ultimately gave me absolutely no choice.
我凶殘地殺了他。我真的不想（這麼做）。但他最終完全讓我別無選擇。

I killed him. I didn't want to. He gave me no choice.
我殺了他。我不想（這麼做）。他讓我別無選擇。

你現在知道我為何跟反對用副詞的人同一國了，但愛

用副詞的人也有其道理。情狀副詞有助於達到渴望追求的效果：

Penny left quickly.

潘妮很快離去。

He stared at her longingly.

他熱切地盯著她瞧。

Clean this mess up immediately.

馬上把這裡清乾淨。

Senator Snide laughed cruelly.

史奈德參議員殘忍地笑了。

"I want you to leave," Nora said simply.

「我要你離開，」娜拉斬截地說。

　　如同其他字彙，情狀副詞也應該謹慎選擇，至少必須帶來某種好處，能讓你暫時放下「少就是多」的原則。它們不應該變成冗贅，也不該有亟欲搶鋒頭的感覺——這一點是情狀副詞的通病——而且該交由名詞和動詞展現的事物，不必讓情狀副詞代勞。

　　唯有當你問過自己，這一句是否不加情狀副詞比較好，才能決定該不該保留這個副詞。

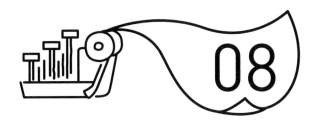

必要時才用關係子句

我們在上一章介紹如何用副詞來修飾其他字詞或全句，功能很像形容詞，也是用來修飾。這一點許多人都知道。不過一整個片語和子句也可以當作修飾語。讀完本章及接下來的兩章，你會發現從修飾語的角度去理解片語和子句，攸關你能不能寫出好句子。我們從最容易懂的關係子句開始，第九章接著談介係詞片語，第十章介紹分詞片語。

現在先看一位寫作專家如何運用關係子句：

Wednesday had traded the Lincoln Town Car, which Shadow had liked to drive, for a lumbering and ancient Winnebago, which smelled pervasively and unmistakably of male cat, which he didn't enjoy driving at all.

星期三已經把影子愛開的林肯城市轎車，換成年
代久遠又慢吞吞的溫納貝戈休旅車，車裡瀰漫著
公貓的獨特氣味，他實在不喜歡開那輛車。

我很喜歡尼爾・蓋曼（Neil Gaiman）在《美國眾神》
（*American Gods*）裡的這一段，因為它印證了一個道理：能
寫的人可以將寫作的大忌變成教人驚喜的優點。此處的大
忌是指關係子句一個疊一個，一不小心會變成這樣：

The house that Joe was living in, which had a furnace
that burned only coal, which was becoming scarce in
Virginia, which was ground zero for the nation's coal
shortage, which was the result of a policy by the new
president, who opposed coal mining and burning,
which were causing too much pollution, which was
choking the planet that desperately needed CO2
reduction…

喬住的這間房子有個火爐只燒煤，煤在維吉尼亞
州越來越少見，該州是全國煤炭短缺的頭號罪
人，這是因為新總統頒佈了一項政策，他反對開
採煤礦及燃煤，這樣會造成嚴重污染，而污染會
進一步使亟需減少二氧化碳的地球窒息。

看出來了嗎？關係子句就像一個套一個的俄羅斯娃

娃，可以不停地套下去。每增加一個關係子句，就離我們的主要論點越來越遠，就像愛麗絲掉進了兔子洞，無止盡的細節在眼前展開。我們打算形容一個人的屋子，結果離主題越來越遠。就這一層意義來說，過度使用關係子句的後果，輕則迷失方向，重則顯得缺乏禮貌，彷彿是在告訴讀者：「我們打算介紹喬的房子，你最好一直記得這一點。不過我要先提許多別的事，等我說完，我不會再提醒你一次噢。你要記住主題是喬的房子，這是你該做的事。」現在知道我為什麼說沒禮貌了嗎？

尼爾・蓋曼則不同，他運用關係子句的功力強大，創造出句子的節奏，美妙地凸顯了一則有趣的反諷：影子那輛很棒的城市轎車被換成了飽經風霜的溫納貝戈休旅車；這還不打緊，更嚇人的是貓尿味撲鼻。技巧產生自理解，至少需要最起碼的練習。讓我們花一點時間，先搞清楚關係子句和關係代名詞吧。

根據《牛津英文文法》，關係代名詞是 *which, that, who, whom*。有些人認為 *where* 與 *when* 的某些用法也算，但未獲大部分權威的首肯。關係代名詞帶領關係子句：

The computer, which had stopped working, was in the garbage.

這台電腦早已壞掉，放在垃圾堆裡。

The machine that he bought was a piece of junk.

他買的那台機器根本是破銅爛鐵。

The man, whom she loved, had betrayed her.
她愛的那個男人背叛了她。
Rudy, who had always loved her, committed suicide.
一直愛著她的盧迪自殺了。

關係子句用來修飾前方的名詞；或者說它緊接在名詞之後，對名詞進行描述。因此關係子句其實是修飾語，具有形容詞功能，用以描述、限定或限制句子裡其他的字。

第一個例句，你能找出被關係子句修飾的名詞嗎？是 *computer*。第二句的關係子句 *that he bought* 用來修飾（或限定）*the machine*。第三句的關係子句 *whom she loved* 修飾 *the man*。而第四句的關係子句 *who had always loved her* 用來描述 Rudy 這個人。

先把關係子句看成類似形容詞的東西，注意每一個關係子句用來描述哪個字，這樣下次運用時，會覺得更加得心應手。請記住，關係子句適合用來在一個句子裡塞入更多資訊，但資訊必須切合句子的需要。

試著比較這兩句：

The new schedule will help reduce crowds over the closing weekend, which is traditionally the busiest.
新的時間表有助於減少閉幕那一週的人潮，照往例是最熱鬧的時候。

The new schedule that will be implemented nest year
and that is the brainchild of Mr. Lawson, who founded
the show in 1988, will help reduce the number of
people who attend over the closing weekend, which is
usually the biggest problem because it is traditionally
the busiest weekend of the show that Lawson puts on.
由 1988 年起舉辦這個展的勞森先生研擬、預計明
年施行的新時間表，有助於減少閉幕當週週末的
人數，通常問題最嚴重，因為照往例是勞森先生
推廣的這個展最熱鬧的週末。

第一句還可以，但第二句有必要切成幾段，因為幾個
關係子句承載了過多的訊息，修改如下：

The new schedule is the brainchild of Mr. Lawson, who
founded the show in 1988. The schedule will help
reduce the number of people who attend over the
closing weekend, which is traditionally the busiest.
新時間表由 1988 年舉辦這個展的勞森先生所研
擬。這個時間表有助於減少閉幕當週週末的人
潮，照往例是最熱鬧的時候。

修改之後仍舊保留了關係子句，但因每句只有一個，
讀起來很通順。

現在看看這一句：

He left early, which was fine by me.
他提早離開，我覺得沒關係。

此處 which 開頭的關係子句並非指向名詞，而是一整個概念，有時稱為「句子關係子句」。

關於關係子句，有幾件事你非知道不可，我先列出重點，稍後再詳細說明。首先，關係子句分成「限定」及「非限定」。其次，此一區別在於 which 的使用方式。第三，有所謂「零形式」的概念，意指關係子句之前不加關係代名詞。第四，從屬連接詞很容易跟關係代名詞搞混。

限定與**非限定**的差別在於，子句在句子中執行的職務。限定子句一旦被抽走，主要子句的意義會受到傷害：

Any house that I buy must be yellow.
我買的房子必須是黃色。

這裡的關係子句是 that I buy。想知道這是限定子句、抑或非限定子句，直接拿掉關係子句就知道了。這一句就變成：

Any house must be yellow.
任何房子都必須是黃色。

顯然這不是事實。拿掉了限定子句，我們才了解它的職責有多重大。這一句的關係子句告訴我們哪一種房子必須是黃色——並不是任何房屋，而是我買下的房屋。這個子句先瞄準一個極大的群體 *any house*，之後再縮小範圍——也就是加以限定——變成比較小的群體：*houses I could buy*。但下面這句不一樣：

The house, which has termites, is yellow.
那間有白蟻的房屋是黃色的。

你把關係子句拿掉，完全不會減損主要子句的意義。主要子句的意思是 *The house is yellow*，本身具有充分的邏輯性，至於白蟻的情況是附加資訊，不算特別指明是哪一棟房子，不需要它也能理解主要子句。因此本句的 *which has termites* 是非限定關係子句。

而且你注意到逗號了嗎？逗號是重要的線索，告訴你這一則資訊並非必要資訊，常稱為「補充資訊」。所以限定關係子句不加逗號，但非限定關係子句要加。

比較下面兩句：

The ceremony will honor the athletes, who won.
這項典禮將表揚運動員，他們獲得了勝利。
The ceremony will honor the athletes who won.
這項典禮將表揚獲勝的運動員。

有沒有小逗號，意義大不同。第一個句子表示**全部**運動員都獲勝，第二句只有一些人獲勝，而只有他們能接受表揚。逗號讓意義變得不同，加了逗號就變成非限定子句。

我們幾乎每天都會用到關係子句，而且不必經過思索。但若想在句子寫作上臻於化境，你必須開始思考限定／非限定子句驚人的力量。

限定子句有時稱為「必要子句」。少了它，你無從了解目前討論的事物；換句話說，它為事物下了個定義。

由此衍生了爭議：《美聯社寫作風格指南》(*The Associated Press Stylebook*) 與《芝加哥論文格式》(*The Chicago Monual of Style*) 都告訴支持的讀者，*which* 只能用在非限定子句。根據他們的說法，*Any house which I buy must be yellow* 是錯的，但許多人不表同意，主張這是標準用法，一點問題也沒有。你只要將美聯社與芝加哥格式規範視為風格上的建議，再視每次的寫作目的決定是否採用。但要是編輯把 *which* 統統改成 *that*，也不必太驚訝。

接下來是零形式，比較一下這兩句：

George got the job that you wanted.
George got the job you wanted.
喬治得到你想要的工作。

許多人對此大惑不解，不曉得什麼時候要用 *that*。如果你也是其中一分子，有個好消息要告訴你：由你決定。既

然你已經知道如何找出關係子句，應該也能接受關係代名詞有時候可有可無；若你把它刪去，就稱為零形式。

請記住，關係代名詞同時具備其他功能。以 *that* 為例，當關係代名詞時，*The apple that is best for pies is the Granny Smith.*（最適合拿來做蘋果派的是澳洲青蘋果）；不過 *that* 也可以當代名詞，如 *I like that.*（我喜歡那個）；也可以當形容詞，如 *That guy is cool.*（那傢伙很酷）；甚至是從屬連接詞，如 *That John ate was a fact that would torment him for thirty minutes as he watched the other kids frolicking in the pool.*（約翰吃東西是一項苦差事，需要三十分鐘，他只能看其他小孩在水池裡嬉戲。）

最重要的是，*that* 當關係代名詞與從屬連接詞時，功能不同。請記得，關係子句用來修飾（就像形容詞），但從屬子句可以當主詞和受詞（就像名詞）。其實不難辨認，若整個 *that* 子句是修飾某個名詞，如 *The family that stays together*（緊緊相守的一家人），此處的 *that* 是關係代名詞。若 *that* 後面接子句，就是從屬連接詞，如 *That you love me is all I need to know.*（我只需要知道你愛我就夠了），或者 *Harry learned that life is not fair.*（哈瑞了解到人生不公平）。

與 *that* 一樣，*who* 也有不同的職責。比方說：*the man, who was driving, is tall*（開車的男人是高個子）的 *who* 是關係代名詞；*Who was driving?*（誰在開車？）的 *who* 並非用來修飾名詞，而是人稱代名詞。

你不需要熟記每個字一共有幾種用法，只要開始注意

它們在句子裡的功能。看到寫得好的句子，注意關係子句在其間的功能。

如果你希望把上述理論變成實用指南，寫出更好的文章，我的看法是，關係子句似乎最適合用來形容某樣事物，或說明某種想法，但不太適合插入過去事件或背景故事，有時容易出問題。至於順帶一提、隨口插入的資訊，最好別用關係子句。

無論何時，當你有超過一個關係子句，你可以考慮拆成兩句。但也不妨學蓋曼的寫法，放在同一句裡面。只要知道，決定權在你手上。

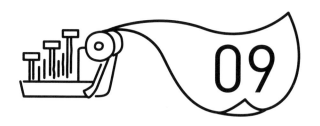

09

是書桌的桌腿粗，還是女士的小腿粗？

有趣的介係詞片語

文法不痛苦；痛苦的是讀者。試著在搜尋引擎上輸入 misplaced modifier（放錯位置的修飾語），例子俯拾皆是：

Woman: They said it's going to rain on the radio.

Man: Why would anyone leave a radio outside?

女：據說收音機快要下雨了。

男：怎麼會有人把收音機放在外面？

A classified ad offered "Mixing bowl set designed to please cook with round bottom for efficient beating."

有則分類廣告說：最教圓屁股廚師滿意、可以充分拌打的攪拌碗。

（應為：這一組圓底攪拌碗適合充分拌打，廚師最喜歡了！）

I photographed an elephant in my pajamas.

我替睡衣裡面的大象拍照。

（應為：我穿著睡衣為大象拍照。）

A superb and inexpensive restaurant: fine food expertly served by waitresses in appetizing forms.

一家頂級的平價餐廳，美味食物由打扮得秀色可餐的女服務生熟練地端上來。

（應為：一家頂級的平價餐廳，看起來令人垂涎三尺的美味食物由訓練有素的女服務生端上來。）

Have several very old dresses from grandmother in beautiful condition.

有幾件款式很舊的洋裝，是狀況極佳的祖母傳下來的。

（應為：有幾件祖母傳下來、款式很舊的洋裝，保存狀況極佳。）

　　介係詞片語和關係子句一樣，都是修飾語，但卻更加有趣，因為它們特別愛捉弄人。使用介係詞片語時，很容易忘了自己說到哪裡。但只要你了解它們的性質是為了修飾其他字詞，寫作功力必定大增。先拿本章標題來開刀吧，應該是從分類廣告上摘錄下來的：

Antique desk suitable for lady with thick legs and large drawers.

適合女士使用的古董書桌，桌腿夠粗，抽屜又大。

或

適合粗腿、穿著大號襯褲的女士使用的古董書桌。

　　這則廣告很有趣，因為乍聽之下，*thick legs and large drawers* 是修飾 *lady*，但其實是用來修飾 *desk*，至少我是這麼希望。

　　這則廣告是個名詞片語，含有許多修飾語，其中一個便是它自身的名詞片語。讓我們拆開來細看：

　　Antique 一望而知是個形容詞，置於名詞前面。搞定！先放在一旁。

　　Desk 是名詞，也是一整個名詞片語的頭。

　　Suitable 是形容詞，放在名詞後方，但這一點沒問題。它仍是形容詞，仍然用來修飾 desk。

　　For lady 是介係詞片語，介係詞是 *for*，受詞是 *lady*。首先，介係詞片語可以形容名詞，或替它下定義，就像形容詞一樣。其次，它們也可以充當狀語，回答**何時、何處、程度、何種情形**，諸如此類的問題，或用以修飾動詞、形容詞、其他副詞、或整個想法。在這則廣告裡，*for lady* 是修飾形容詞，功能就像副詞，如 *extremely suitable* 或 *undeniably suitable*，但不如副詞直接。

　　Suitable for lady 修飾 *desk*，不然還能指什麼？但下一個

介係詞片語 *with thick legs and large drawers* 卻說不通。

　　唔，修飾語的重點在於，大家都會期待它們是用來修飾附近的字，越近越好，而不是離得老遠。當你寫：*Derek had a pine armoire, a wooden bench, and a desk with thick legs and large drawers.*（德芮克有一個松木大衣櫥、木頭長凳，以及一張桌腿甚粗、有大抽屜的書桌。）沒人會覺得衣櫥或凳子有 thick legs and large drawers，一看就知道你刻意把修飾語置於最靠近的名詞旁邊，而且這麼做是對的。既然讀者有這種預期，身為作者不該讓他們的期盼落空。

　　但這則分類廣告壓根兒不管讀者怎麼想，將修飾語直接放在 *lady* 旁邊，創造出非常不同的形象。

　　完全放錯地方或放得不好的介係詞，在許多種類型的句子結構中都可能出現。但假如你把介係詞想成修飾語，專注於它們所修飾的事物，你一定可以寫好。

　　多數時候，問題三兩下就能解決：

造成誤解的句子：

They said it's going to rain on the radio.

據說收音機快下雨了。

容易理解的句子：

They said on the radio that it's going to rain.

聽收音機說快下雨了。

◎解決辦法：讓介係詞片語 *on the radio* 貼近所修飾的動詞 *said*。

造成誤解的句子：

I photographed an elephant in my pajamas.

我替睡衣裡面的大象拍照。

容易理解的句子：

In my pajamas, I photographed an elephant.

我身上穿著睡衣，為大象拍照。

◎解決辦法：讓介係詞片語 *in my pajamas* 靠近它所修飾的代名詞 *I*。

造成誤解的句子：

Fine food expertly served by waitresses in appetizing forms.

美味食物由打扮得秀色可餐的女服務生熟練地端上來。

容易理解的句子：

Fine food in appetizing forms expertly served by waitresses.

看起來令人垂涎三尺的美味食物由訓練有素的女服務生端上來。

◎解決辦法：讓介係詞片語 *in appetizing forms* 貼近它所修飾的名詞 *food*。

但並非所有解決辦法都這麼簡單。

試看這一句 *mixing bowl set designed to please cook with*

round bottom for efficient beating，我們可以搬動介係詞片語，讓句子變成這樣：*mixing bowl set with round bottom for efficient beating designed to please cook*，但出現了新的問題，亦即修飾語 *designed to please cook* 緊接在 *beating* 之後。會造成混淆嗎？大概不會，但還是怪怪的。最好整句重寫。乾脆捨棄 *designed to please cook* 這幾個字，意思已經夠清楚了。或拆成兩句：*Mixing bowl set with round bottom for efficient beating. Cooks love it.* 或改成 *Designed to please cook: Mixing bowl set with round bottom for efficient beating* 都可以。

　　介係詞片語遇到一長串名詞時，有時會變成麻煩。讀者知道修飾語有時用來形容每一個列出的名詞：

She sang "Fame," "The Promise," and "Lies," with great gusto.
她興致高昂地唱著「名聲」、「承諾」以及「謊言」。

但有時候僅修飾最貼近的那一個：

Kirk ate ravioli, pizza, and strawberries with whipped cream.
柯克吃了義大利方形餃、披薩，以及加上打發鮮奶油的草莓。

第十五章將進一步探討各種變化。現在只要先記住介係詞片語的職責，與形容詞、副詞十分相近，而讀者對於它們應該配哪一個詞，早有定見，你最好符合他們的期望。

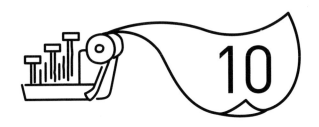

小心陷阱！
虛懸分詞及其他虛懸修飾語

Running down the street in high heels, my dog was too fast for me to catch.

（我的狗）穿著高跟鞋跑過街道，快到我追不上。

真的嗎？你的狗穿著高跟鞋？哇好辣。

Walking down the beach, my shoulders got sunburned.

（我的肩膀）走過海灘，曬傷了。

你的肩膀真是貼心，願意讓雙腳歇息，替它們趕路。

Stuffed with chestnuts, Peter served the turkey.

（彼得）塞滿了栗子，端出這道火雞。

為什麼彼得要在晚餐前吃下這麼多栗子？

上一章我們學到介係詞片語如何修飾其他字；更前面一章則是討論關係子句也可以用來修飾。在這一章，我們打算探討分詞單位，如 *walking down the beach* 與 *stuffed with chestnuts*，也能充當修飾語。只有一個問題：沒人知道這些分詞單位應該叫做片語，抑或子句。

我說沒人知道，是真的沒人知道。

某些專業字典，如《牛津英文文法》及《劍橋英語文法》，多半稱之為分詞子句。但也有專業人士，像是資深文法教師、也是文法書作者的蘿芮・蘿拉基絲（Laurie Rozakis）博士，說它們是片語。另外一些專家表示，稱呼不同只是詮釋有異，屬於理論範疇，不至於影響日常層面的應用。我寄電子郵件請教其中一位專家，《劍橋英語文法》的共同作者傑弗瑞・普隆（Geoffrey Pullum）。

叫什麼並不重要，重要的是你把它放在哪裡。要是放錯了地方，就是錯置的修飾語，跟放錯位置的介係詞片語 *with round bottom for efficient beating* 一樣令人啞然失笑。

分詞是以 *-ing, -ed, -en* 結尾的動詞形態。*-ing* 結尾叫做現在進行式，*-ed, -en* 結尾叫做過去分詞，但不規則動詞是例外，像是 *shown, brought, led, dealt, leapt, seen* 等等，都是不規則動詞的過去分詞。過去分詞與 *have* 結合，現在進行式則與 *be* 結合，動詞形態便產生了變化，如 *We have walked.*（我們走路）、*Joe is walking.*（喬在走路）等等。

但分詞也可以用來修飾名詞，這一點就像形容詞。譬

如這兩句：*They have painted the wall.*（他們粉刷牆壁）與 *It's a painted wall.*（那是一面粉刷的牆），都有 *painted*，它在第一句是動詞的一部分，在第二句就是形容詞。再舉一例：*Life has broken Henry.*（生活重擔壓垮了亨利）與 *Henry is a broken man.*（亨利被生活重擔壓垮了）。

　　所以說，分詞片語或分詞構句只是充當修飾語而已，不管有沒有添加附屬文字。試舉數例說明：

Exhausted, Harry fell into bed.
（哈瑞）累壞了，撲倒在床上。
Exhausted from the long hike, Harry fell into bed.
（哈瑞）走了很長的路，撲倒在床上。

Speeding, Nanette hit a pole.
（娜奈特）開得飛快，撞到了電線桿。
Speeding in her Ferrari, Nanette hit a pole.
（娜奈特）開法拉利開得飛快，撞到了電線桿。

Eating, Dave almost choked.
（戴夫）吃東西，險些噎著。
Eating pastrami, Dave almost choked.
（戴夫）吃著煙燻牛肉，險些噎著。

　　無論哪一句，分詞片語或子句都可視為修飾語，修飾

名詞或代名詞。從上述例子來看，很累的人是誰？是哈瑞。開快車的人是誰？是娜奈特。哈瑞和娜奈特是被分詞修飾的名詞。

挑出下面這一句的錯誤：

Daydreaming about Nanette, Dan's foot went right into a puddle.
（丹的腳）一面對娜奈特想入非非，直接踩進水坑。

若不是丹有一隻特別聰明的腳，就是我們碰上了傳說中的怪獸：虛懸分詞。

虛懸分詞也是分詞，只是指涉到錯誤的名詞。

我們在介係詞片語那一章說過，讀者通常期待修飾語跟它所指涉的名詞離得很近，最好就在旁邊。這就是為什麼上面這個句子，會讓人誤以為鬧單相思的是丹的腳，而不是丹本人。如何解決這個問題？只要確定你選擇了正確的名詞，此處是 "Dan," 不是 "foot"，那麼修飾的分詞片語或子句就離得很近了。修改如下：

Daydreaming about Nanette, Dan stepped in a puddle.
（丹）對娜奈特想入非非，踩進了水坑。

你還可以將分詞片語或子句納入從屬子句，如此一來

分詞不再是修飾語，就不必緊貼著被修飾的名詞：

While Dan was daydreaming about Nanette, his foot
went right into a puddle.
丹一面對娜奈特想入非非，一腳踩進了水坑。

就這樣，不算太難，對吧？放下對文法專有名詞的恐懼，你發現虛懸分詞真的很簡單。

但指涉錯誤的問題，並非只存在於虛懸分詞。

A Kentucky Derby-winning colt, Thunderbolt's jockey
was very proud.
身為在肯塔基州賽馬中獲獎的小馬，「閃電」的騎師非常自豪。

抓到問題了嗎？我們把騎師叫成了小馬。這一句比較棘手，因為乍看之下名叫「閃電」的小馬，的確是緊接著修飾語。不，不對。我們不是寫 *Thunderbolt*，而是寫 *Thunderbolt's*，於是它便成為修飾語，修飾後面的 *jockey*。也就是說，*Thunderbolt's jockey* 這個名詞片語的中心詞是 *jockey*，不是 *Thunderbolt's*。

分詞還有一個危險，因為有些分詞長得跟動名詞一樣，容易搞混：

Visiting relatives can be fun.
拜訪親戚有時候很好玩。

這句話是要告訴我們，拜訪（*visiting* 是動名詞）這件事有時候很好玩，抑或去拜訪你的幾個親戚（*visiting* 是修飾語）很有趣？我們不曉得。專業文章經常可以發現更加微妙的例子：

Here are the trends leading interior designers and industry experts across the country have predicted will be hot this season.
全國各地的頂尖室內設計師和產業專家早已預測，這些是本季的流行潮流。

讀者停頓下來略加思考後，就能看出此處 *leading* 是修飾 *interior designers*，而不是 *trends*（潮流）執行的動作：潮流帶領著室內設計師……。但最好別讓讀者看第二遍才懂。只要加一個字就不致有誤會：

Here are the trends <u>that</u> leading interior designers and industry experts across the country have predicted will be hot this season.

想避免這一類虛懸分詞的陷阱，只能隨時警惕小心，

無他法。一段時間之後，大腦一遇到這種情況，就會自動思考判斷。鑒於這麼做對句子幫助極大，辛苦些也值得。

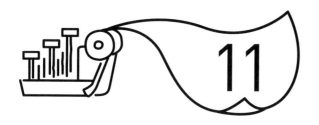

文字被讀者忽略了

談被動式

每隔一段時間，就有作者在網路留言板上詢問這一類的問題：

跪求協助！我沒辦法把這句被動式改成主動：
Emma was walking down the street.（艾瑪走過這條街。）

這個作者搞不好還會解釋說，她知道這一句是被動式，因為它的形態是 *to be*（這一句中是 *was*）加上字尾是 *-ing* 的字（這一句是 *walking*）。只是有個問題：這句話並非被動式，下面這句也不是：

She had been considering doing some thinking about being more accepting and becoming more loving.

全國各地的頂尖室內設計師和產業專家早已預
測，這些是本季的流行潮流。

寫得很差，沒錯；被動，錯了。至少從被動語態的意
義上，這一句不是被動式。

關於被動式，有兩種誤會必須立即破除：

1. 被動句結構不好。
2. 被動句結構是句子的動作出不來時，利用 -ing 或 -ed
   動詞形態，加上 be 動詞（如 is 或 was）。

的確，使用被動式必須小心，但上述說法實屬誇大扭
曲。誠然，有些被動式句子很差勁，有些新手作者不太會
用被動式，而你確實該步步為營。這些主張都對，但並不
表示被動式一無是處。善加運用，它們也有派得上用場的
時候，甚至到了不可或缺的程度。所以，這是你應當採取
的態度，或許你覺得耳熟能詳：「在技巧高明的作者手中，
被動語態是強大的工具；但在技巧拙劣的人手中卻是毒藥，
可能讓大腦變成漿糊。」所以你應當培養被動觀念，視情況
採用被動式。學會辨認被動句，才能夠思考判斷某個被動
句，是否改成主動語態比較好。

幸運的是，這個觀念挺容易掌握。

理解被動式的最佳方式是，當動作（動詞）施加於某
物（受詞），而某物在文法上成為主詞，就產生了被動式。
（嚴格說來，應該說及物動詞的受詞成為句子的主詞，就是

被動語態。但如果你聽了頭昏腦脹，記住第一個定義就
好。）比較一下這兩句：

Ned made the coffee.
奈德煮了咖啡。
The coffee was made by Ned.
咖啡是奈德煮的。

　　第一個例子，我們看到執行動作的某人，後面接著動
作本身，最後是被執行的事物：主詞＋動詞＋受詞。但在
第二個例子，被執行的事物，亦即受詞，變成了這一句的
主詞。這就是被動句結構。再舉幾個例子：

主動：Becky threw the ball.
　　　貝姬扔球。
被動：The ball was thrown by Becky.
　　　球是貝姬扔的。
主動：Manny gave Ralph the gun.
　　　曼尼給了羅夫這把槍。
被動：The gun was given to Ralph by Manny.
　　　這把槍是曼尼給羅夫的。
主動：Everybody loves pasta.
　　　大家都喜歡義大利麵。
被動：Pasta is loved by everybody.

義大利麵受到大家的喜愛。

主動：The monster ate Victoria.

怪獸吃了維多利亞。

被動：Victoria was eaten by the monster.

維多利亞被怪獸吃了。

　　上面所有的被動式或許在某些情況下都是最佳選擇，尤其是最後一句，似乎很適合用被動語態。

　　現在我們了解何謂被動式，我們就知道本章第一個例句 *Emma was walking* 不是被動式，因為 Emma 既是執行動作者，也是本句的主詞。

　　現在練習把下列被動句改成主動式：

The cake was baked by Rodney.

蛋糕是羅尼烤的。

The compliments were appreciated by the hostess.

女主人感謝大夥兒的讚美。

The money was stolen.

錢被偷了。

　　好吧，我玩了點小把戲，最後這句是為了說明很重要的一點：大多數時候，被動句結構包含 *by* 帶領的片語，告訴你動作的執行者是何人或何物，但 *by* 引領的片語並非必要，經常有人略去不用。如此一來，你沒辦法把被動語態

轉成主動，除非你知道新句子的主詞是何人或何物。前兩個句子可以改成主動式，因為你知道主詞分別是羅尼與女主人，但我們不知道誰偷走了錢。

假如真的很想把句子改成主動，找出主詞來。如果確定是裘迪幹的，可改成 *Judy stole the money*。若不知道，可以說 *someone stole the money* 或 *a thief stole the money*。不過以這句來說，保留被動語態是最好的做法。事實上，這是最適合採用被動式的情況：每當你想低調處理執行動作者，用被動句。

再舉一例：*The president was re-elected*（*總統被重新選出*）強調總統本身，若改成 *The voters re-elected the president*（*選民重新投票選總統*）就失去了強調意味。第一句談的是總統，第二句主詞移轉到選民身上，或許不是你想要的。

有時候，被動式達成的效果極佳：

Professor Persimmon is considered a leading economic expert.
波希門教授被認為是首屈一指的經濟專家。
Meryl Streep is widely regarded as one of the greatest actresses of her generation.
梅莉‧史翠普被公認是她那一代最偉大的女演員之一。

要是拿掉被動語態，這兩句的風格喪失了大半：

People consider Professor Persimmon an expert.

許多人認為波希門教授是專家。

American moviegoers regard Meryl Streep as one of the greatest actresses of her generation.

美國電影觀眾視梅莉‧史翠普為她那一代最偉大的女演員之一。

　　改變主詞也就扭轉了整句話的重心，讓人注意到原先不存在的訊息，讓人不禁想問：許多人是指哪些人？美國電影觀眾又是指誰？他們究竟是何方神聖，怎麼沒人來問問我的意見？

　　被動式淡化了這些議題，作者不必一五一十說出來。譬如說，作者懶得去查證波希門教授領有哪些證書，故而用 *is considered* 狡猾地避開這一點，提出未經查證的論點。

　　不過，此處得回到我們念茲在茲的一點：寫作是為讀者效勞。繞過某些問題——是誰加冕了波希門教授，稱他是首屈一指的專家——能凸顯句子原有的重點，好讓讀者接收到最需要的訊息。若你撰文是為了討論經濟，大概不需要花時間去討論經濟學者的資格證書，或由誰頒證書給他。只要你常以讀者為念，因而贏得了他的信任，沒必要一一證明文章中所有價值判斷的真偽。文章內只要放切題的資訊。既然如此，以被動式帶過即可，不必列舉證書。

　　再來做兩道簡單的練習題，改成主動形態：

Kevin was being watched.

凱文被人監視。

Kevin was being coy.

凱文很靦腆。

你會怎麼做？第一個問題的答案大概像這樣：*Someone was watching Kevin.*（*某人正在監視凱文*）或 *Nelson was watching Kevin.*（*尼爾森正在監視凱文*）或 *The voyeur was watching Kevin.*（*偷窺狂窺視著凱文*）。那麼第二題的答案呢，唔你早已猜到，這題藏著一個小把戲。

第一句是被動式，但第二句不是。記住被動語態的簡單定義：當接收動作的受詞變成了句子的主詞。我們很容易看出第一句有動作在進行，而凱文是接收動作的那一方。他是被執行的那個，不是執行者。

至於第二句，儘管句構幾乎雷同，凱文卻不是接收動作的受詞，因為 *coy* 是形容詞，並非動作。換句話說，*watch* 是及物動詞，但 *coy* 根本不是動詞。因此第二句是主動式。

這就帶出了一個問題：你該如何寫被動句。

你只需要用 *to be* 助動詞（以下稱為 be 動詞），加上過去分詞（根據《牛津英文文法》的說法），就寫出了被動句。我們在前一章讀過，分詞是一種結合的動詞，而過去分詞字尾通常是 *-ed* 或 *-en*。

In the past you have walked.

你已經走了一段時間。

On that morning, you had woken.

那天早上，你醒來了。

大部分不規則過去分詞並非 *-ed* 或 *-en* 結尾，例如：

woken 醒來（動詞原形是 wake）

driven 駕駛（動詞原形是 drive）

drunk 喝（動詞原形是 drink）

spoken 說話（動詞原形是 speak）

risen 升起（動詞原形是 rise）

thought 想（動詞原形是 think）

lain 躺下（動詞原形是 lie）

無論是規則或不規則動詞，寫被動句一點也不難，只要把動作執行者與接受者對調，在過去分詞前面插入 be 動詞就好了：

Larry watched Kevin.

賴瑞看著凱文。

Kevin *was* <u>watched</u> by Larry.

（was 是 be 動詞；watched 是過去分詞）

凱文被賴瑞看。

即使你的主動句已經含有 be 動詞，做法也一樣。無論是規則或不規則動詞，寫被動句一點也不難，只要把執行動作的一方與被執行的一方對調，在過去分詞之前插入另一個 be 動詞，便大功告成：

Larry was watching Kevin.
（主動語態，但使用 be 動詞）
賴瑞正看著凱文。
Kevin <u>was being</u> watched by Larry.
（若被動句原本就有 was，則在分詞前面插入 being，完整的助動詞就變成 was being）
凱文正在被賴瑞看。

順便一提，上述只是分析，無需照本宣科。沒人會停下來說：「現在是輪到哪一個公式來寫被動句了？」被動句自然而然地出現，就算完全搞不清分詞的人也會寫。所以不用擔心要怎麼寫。只要開始留心哪一個是被動句，思考改成主動形態會不會比較好。答案因人而異，沒有客觀標準，但在寫作專家眼中，當活潑有趣的動作變得沉悶，就是差勁的被動句。

與 *Barbara shot Tim.*（芭芭拉開槍殺死提姆）相比，*Tim was shot by Barbara.*（提姆被芭芭拉開槍射殺）顯得毫無生氣。主動句具有立即性，一股力量，而被動式削弱了力道。主動句的動作是動詞，但被動句強調「被如何了」，

而不是「做了什麼」，怪不得有人說被動式差勁。誠然他們有時候言過其實，卻隱含了不可輕忽的真理。被動式常教人吐血：

> After he had been flown to Chicago and had been checked into his hotel room, he was called on the phone by his boss.
> 在他奉派飛往芝加哥，被安排好入住飯店房間之後，他被老闆透過電話聯繫上。

有時候，發現被動句太糟糕，最好的方式是重組整個段落：

> His company flew him to Chicago. After he arrived and checked into his hotel room, his boss called.
> 他公司派他搭機去芝加哥。他抵達後，登記入住飯店房間，老闆打電話來了。

讓被動句活過來，就是這麼簡單。

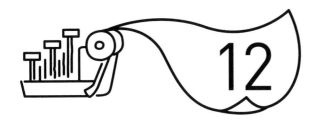

關於時態的二三事

我們在上一章讀到，許多被誤認成被動式的句子其實是主動句。但令人詫異的是，許多很像主動式的句子也是一樣地糟：

Albert had been wanting to start saving and investing but, being caring, he was considering giving his savings to the woman he was seeing.
艾伯特過去一直想開始存錢、進行投資，但出於關心，他正考慮把存款給目前在交往的女人。

為了避免寫出像這樣可怕的句子，光有被動語態的簡單概念還不夠，我們得進一步了解動詞和動詞時態。下表列出基本的十二種時態，你無需背起來，但你至少得讀一遍，注意它們呈現的形式，以及動作是否已完成。

進行式用來表示持續不斷的動作，用 be 動詞，例如 is, was, are 等等，來當助動詞。

完成式表示某事已經完成，可能是在你說話的當兒完成，也可能是不晚於句中表示的時間。完成式用 *have* 形態當助動詞：

時態	例句
現在簡單式	I walk
過去簡單式	I walked
未來式	I will walk (or I am going to walk)
現在進行式	I am walking
過去進行式	I was walking
未來進行式	I will be walking
現在完成式	I have walked
過去完成式	I had walked
未來完成式	I will have walked
現在完成進行式	I have been walking
過去完成進行式	I had been walking
未來完成進行式	I will have been walking

許多作者不太明白該用哪一種動詞時態，但請記住，所有的專門術語及分析都是由常識而來。比方說，你覺得哪一句最適合當成一篇故事的開頭？

The grandmother did not want to go to Florida.
祖母不想去佛羅里達。

The grandmother hadn't been wanting to go to Florida.

祖母過去一直不想去佛羅里達。

The grandmother hasn't been wanting to go to Florida.

祖母一直以來不想去佛羅里達。

The grandmother isn't wanting to go to Florida.

祖母正不想去佛羅里達。

The grandmother will not have been wanting to go to Florida.

祖母以後鐵定不想去佛羅里達。

第一個例句是芙蘭納莉‧歐康納（Flannery O'Connor）的短篇小說《好男人不容易找》（"A Good Man is Hard to Find"）的起始句，其他幾句是用來證明糟糕的動詞時態可能毀了歐康納的寫作生涯，它們很擁擠、抽象，讓人覺得有點不知所云，而且用了更多字傳達意思。不消說，這些百轉千迴的時態有時的確能把握住意義，精確傳達你想表露的情緒，但顯然多半時候，只要用最簡單的動詞時態就夠了。

大部分新聞故事是用過去簡單式寫成，理由很簡單：它們說的是發生過的事。看看《洛杉磯時報》2009 年 4 月 24 日頭版的幾則新聞是如何起頭的：

The Obama administration agreed⋯

（agreed 是過去簡單式）

歐巴馬政府同意……

Emboldened Taliban fighters imposed control⋯

（imposed 是過去簡單式）

膽子變大的塔利班戰士控制了……

The nation's consumer-in-chief made himself
pointedly clear⋯

（made 是過去簡單式）

該國的消費者委員會主席直截了當地表示……

　　上述句子說的都是已發生的事，因此用過去簡單式。
但同一份報紙也出現了其他形式的開頭句：

The Obama administration is preparing to admit into
the United States⋯

（is preparing 是現在進行式）

歐巴馬政府正準備執掌美國……

Sets Tomita pauses at Manzanar's southwest boundary
and scans the high desert⋯

（pauses 是現在簡單式，scans 是現在簡單式）

富田在滿砂那的西南邊境停下，審視綿延不斷的
沙漠……

第一句這麼寫，原因很簡單：這篇報導並非報導已經發生的事，而是在報導正在發生的事——準備工作正如火如荼進行——即使讀者現在才知道。

　　第二句就沒那麼容易了。這是一篇較長的新聞特寫，作者決定以現在式開始，即使早在記者彼特・湯瑪斯（Pete Thomas）在電腦前坐下，打這篇文章以前，豐田先生早就審視完這片荒野。那麼為什麼要用現在式書寫過往的事件？因為作者刻意為之，藉由有創意的方式帶領讀者進入當下，無疑地他認為這麼做能帶給讀者豐富的體驗。沒必要告訴讀者：「雖然聽起來好像正在進行，其實是發生在幾天前。」讀者明白，他知道自己踏上了一場旅途——若改成過去式，他會覺得更有趣嗎？誰能說得準？湯瑪斯賭了一把，認為現在式最能傳達效果，假如編輯或審稿人不贊成，也就不會刊登出來了。

　　小說敘述也常用過去式。小說作者偶爾選擇現在式，通常出於上述的原因：現在式帶有此時此刻的急迫感，是過去式無法傳達的，因此可以證明是匠心獨運的寫法。

　　儘管現在式具有優點，卻極少出現在專業文章當中。《現代必讀小說選輯》（*You're Got to Read This*）選了三十五篇短篇故事，作者全都是當代最受推崇的作家，其中只有五篇採取現在式。剩下的三十篇，有幾篇的開場用現在式，大致交代背景資訊，例如約翰・厄普代克（John Updike）的〈壓實的土、上教堂、快死的貓、換來的車〉（"Packed Dirt, Churchgoing, A Dying Cat, A Traded Car"），這篇故事

的第一句是 ”*Different things move us.*”（*不同的事情推著我們前進*），但到了第三段，作者改用過去式，用一句簡單的狀語 “*Last night*”（*昨天晚上*），故事就從這裡開始。

　　未採用過去式的五篇故事都偏短，有些帶有實驗性效果，像是雅莫加・金凱德（Jamaica Kincaid）的〈女孩〉（ “Girl” ）一篇長僅一頁半，從頭到尾只有一句話，主要是祈使句，帶著命令口吻： ”*Wash the white clothes on Monday and put them on the stone heap; wash the color clothes on Tuesday and put them on the clothesline to dry...*”（*星期一洗白色衣服，把它們放在石堆上；星期二洗有顏色的衣服，吊在曬衣繩上晾乾……*）

　　其他三十位作家為何用過去式說故事，我們只能靠猜測。也許是因為現在式很難維持一貫的強烈感；也許覺得現在式對讀者來說，太過苛求，讀久了容易累；也許是擔心讀者容易分心；也許他們只想用最普通的傳統方式講故事，因為作者對故事本身比較有興趣，不考慮改變寫作形式。

　　長篇故事，例如長篇小說，極少用現在式。若說現在式難以維持十頁的強烈效果，那麼動輒三百頁的小說，豈非難上三十倍？

　　我無法確切告訴你用哪一種時態，沒人能夠打包票。但你可以從專業作者如何做抉擇，學到許多。過去簡單式是標準形式，算是打安全牌。以此為起點，你可以選擇變化，但除非你有理由這麼做，否則最好別改。

目前為止，我們只討論較簡單的時態：過去簡單式、現在進行式，以及現在簡單式。那麼該如何運用較複雜的時態？

Tommy Q. Public <u>was applying</u> to law school. (過去進行式)
湯米・Q・帕里克之前在申請法學院。
Jane Doe <u>had been making</u> breakfast when she heard the crash. (過去完成進行式)
珍・鐸聽到訇然巨響時，那會兒她正在做早餐。

這類時態顯然皆不可或缺，而且在小說及非小說類型寫作佔有一席之地。尤其在小說領域，作者若懂得巧妙運用時態，就能在小說裡描述各種情況，如：

Pilly Bilgrim <u>will have been becoming</u> unstuck in time. (未來完成進行式)
屆時琵利・比爾格林便已經不受時間制約。

但就算想盡量避免這類用法，身為作者也該知道它們在句中的角色及功能。

《文法與寫作風格的簡易入門》(*The Complete Idiot's Guide to Grammar and Style*) 一書為過去完成式下的定義是「在另一個動作發生前完成的動作」。過去完成進行式則是

用來形容「某個正在進行的動作被另一個動作打斷」，未來完成進行式使用時機是「持續進行的某個未來動作在另一個動作發生前完成」。

　　你有無注意到，全都提到了另一個動作。由此可證，複雜的動詞時態告訴我們，兩個動作的先後關係：

After having been rejected by NASA and Caltech,
Lucky got a job at McDonald's.
被美國航空暨太空總署和加州理工學院拒絕之後，樂奇在麥當勞找到了工作。

　　動詞時態告訴我們，樂奇是在前兩個單位拒絕他以後，才去麥當勞謀職。但這句話不止告訴我們這些，還讓我們知道 Lucky got a job 是這一句的重點，因為 After having been rejected by NASA and Caltech 是與此一重大時刻做參照。由此觀之，動詞時態跟從屬句很像，暗示讀者哪一件事最重要。如 Amy had been going to the same beauty parlor for twenty years,（艾咪二十年來都去那間美容沙龍做頭髮），後面一定會接 when，如 when her hair fell out.（當她頭髮亂了）。

　　這便是為什麼說故事時，若非運用過去簡單式，便是現在簡單式，因為其他時態全都不符讀者的期待，讀者期待故事的主幹用簡單式述說，而其他事件採用複雜時態，推斷發生於故事時間主軸的過去或未來。

那麼，能不能反其道而行，玩弄動詞時態，改以其他方式代替，用實驗性方法寫文章？當然可以，只要你有辦法創造出效果。但記住，前面提到的三十五篇短篇故事，從韋爾蒂到卡夫卡，沒有一個大作家嘗試這麼寫。遍覽狄更斯的小說，找不到一本是用複雜時態開的頭，否則《雙城記》最為人傳誦的開頭句就會變成這樣：*It had been being the best of times, it had been being the worst of times.*（這曾經有段時間是最好的時代，也曾經有段時間是最壞的時代。）不如原文鏗鏘有力：*It was the best of times, it was the worst of times.*（這是最好的時代，也是最壞的時代。）

　　通常只要隔一句話，你就能從複雜時態改成簡單式：

Valerie had slept for hours. She dreamed about wild horses and smoke signals.
薇樂莉先前睡了好久。她夢到野馬和煙霧彈。

　　第一句是過去完成式，但作者將第二句改成過去簡單式。這樣改沒問題，因為讀者已經了解狀況。你只需要用第一句來為一篇故事定錨，理出時間脈絡。當然，作者也可以繼續用過去完成式來寫：

Valerie had slept for hours. She had dreamed about wild horses and smoke signals. She had woken several times when she had heard noises. But the noises had been nothing more than the wind. She had realized this quickly and had fallen back asleep right away. Only after she had had a full night's sleep had she finally gotten out of bed.

薇樂莉先前睡了好久。她那時夢到了野馬和煙霧彈。她那時已經聽到聲音，醒過來好幾次，但只不過是風。她那時很快明白這一點，馬上又睡著了。等她已經睡夠一整晚，她才肯起床。

從文法上來說都沒錯，但幾乎教人讀不下去。你感覺得出就快換成過去式了，非換不可。沒辦法用這種時態說完一則故事。既然一定要換，沒理由拖延，複雜時態就像絆腳石，盡早挪開比較好：

Valerie had slept for hours. She dreamed about wild horses and smoke signals. She woken several times when she heard noises. But the noises were nothing more than the wind. She realized this quickly and fell back asleep right away. Only after she had a full night's sleep did she finally get out of bed.

薇樂莉先前睡了好久。她夢見野馬和煙霧彈。她聽到聲音，醒來好幾次，但只不過是風而已。她很快明白這一點，馬上又睡著了。她睡了一整晚，才肯起床。

再來看一小段轉變為簡單式的文字：

The rain had been falling for days. It pummeled
Chuck's bedroom window.
一連下了幾天雨，大聲敲打查克的房間窗戶。

第二句繼續用過去完成式亦無不可，但沒理由這麼
做。讀者已經掌握時間線索，不妨轉成「我們的故事從這
裡開始」的模式。

並不是所有轉變都如此順暢：

Umberto was an excellent wrestler who is kind and
always eager to be helpful.
安伯多是很棒的摔角手，待人親切，樂於助人。

這就是所謂的時態轉換不順，顯然錯了。作者沒掌握
好事件發生的時間，這類錯誤很常見，卻很容易避免。只
要記得故事發生於何時，要注意合乎邏輯，保持一貫。

時態的結合有時既複雜又微妙，試比較下面兩句：

Copernicus was thrilled when he discovered that the
earth revolves around the sun.
哥白尼發現地球繞著太陽轉，高興得不得了。

Copernicus was thrilled when he discovered that the earth revolved around the sun.

哥白尼發現地球曾繞著太陽轉，高興得不得了。

哪一個是對的？兩者都對，但第一個比較好。

的確，地球曾繞著太陽轉（*revolved*），而地球現在仍繞著太陽轉（*revolves*）。但哪一種寫法更吸引讀者目光？唔，哥白尼的發現不僅僅在當時是真理，直到今天，其重要性也不曾減少，對科學仍深富啟迪之效。因此大多數人同意現在式比過去式更有顯著效果，表示持續運行，而非只限於那個年代。

所有的動詞時態與被動式在任何時候都供你驅遣，只要你知道如何使用。但「過去簡單式」和「主動語態」是最保險的寫法，遇到麻煩，找它們來救援就對了。

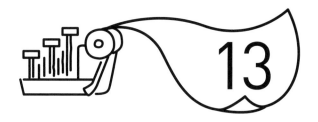

寫作的大忌
名詞化

名詞化是相當簡單的概念，花一點時間加以掌握，對寫作的助益極大。想一想這句話：

The walking of the dog was the difficulty from which Sherry's laziness had its emergence.
遛狗是一件苦差事，暴露出雪莉的懶惰。

這一句裡面，*walking*（走路），*difficulty*（苦差事），*laziness*（懶惰），*emergence*（露出，出現）都當成名詞，但 *walking* 與 *emergence* 的根源是動詞，分別是 *to walk* 與 *to emerge*，而 *laziness* 與 *difficulty* 則源於形容詞 *lazy* 與 *difficult*。

上述情況多半稱為名詞化，亦即將動詞或形容詞當成名詞，有些人叫它們做隱藏的動詞，也有人說以 *-ing* 結尾

的動名詞，不算名詞化之後的名詞。不管叫什麼，對文體的傷害都是一樣的，因此此處把它們歸為一類。現在來看看這類令人望而生畏的猛獸吧：

utilization 使用（動詞是 utilize）

happiness 快樂（形容詞是 happy）

movement 移動（動詞是 move）

lying 躺臥（動詞是 lie）

persecution 迫害（動詞是 persecute）

dismissal 遣散（動詞是 dismiss）

fabrication 編造（動詞是 fabricate）

atonement 贖罪（動詞是 atone）

creation 創造（動詞是 create）

intensity 強度（形容詞是 intense）

cultivation 培養（動詞是 cultivate）

refusal 拒絕（動詞是 refuse）

incarceration 監禁（動詞是 incarcerate）

顯然這些字本身沒有問題，都可以用，只有當作者用錯地方，取代了原本很有趣的動作或描述，才會產生問題。十有九次，*Barb was happy* 的寫法勝過 *Barb had happiness* 或 *Barb exhibited happiness*。

最糟糕的名詞化，是技巧生疏的作者把它們寫成動名詞（V-ing），亦即 *the+ V-ing +of*。方才提過，動名詞是動

詞以 *-ing* 結尾，當成名詞使用。若抽離句子本身，動名詞
與分詞毫無區別。

> Singing is hard.（*singing* 是主詞 = 動名詞）
> 唱歌不容易。
> She was singing.（*singing* 是動詞的一部分 = 分詞）
> 她正在唱歌。

　　若以 *the+ V-ing +of* 形式出現，動名詞在文章中出現著
實不妙：

> The singing of the song
> 唱這首歌
> The considering of the job offer
> 考慮這個工作機會
> The walking of the dog
> 遛狗
> The knowing of the facts
> 知道事實
> The remembering of the appointment
> 記得預約（時間）

　　你看得出來為何這類句構不常出現在普立茲得獎小
說，因為太囉嗦，把動作變成死氣沉沉的名詞，還降低了

執行動作者的地位。極少數時候，這就是你要的效果；但大部分情況只是寫得不好而已。只需將結構拆解成基本的動名詞形式，就好得多。

The singing of "Funky Town" is part of the ceremony.
=Singing "Funky Town" is part of the ceremony.
唱「Funky Town」是典禮的一部分。

The walking of the dog is good exercise.
=Walking the dog is good exercise.
遛狗是很好的運動。

The knowing of the facts will help your test score.
=Knowing the facts will help your test score.
熟記事實能提升測驗的分數。

The remembering of the appointment is crucial.
=Remembering the appointment is crucial.
記得預約時間很要緊。

通常徹底改動一整句，把動名詞變成真正的動作，帶出執行者，效果會好很多：

The bride and groom sing "Funky Town" as part of the

ceremony.

新郎新娘唱「Funky Town」是婚禮的一部分。

Phil walks his dog and it's good exercise.

菲爾遛狗，這是很好的運動。

You should know the facts. It will help your test score.

你應當熟記事實。這有助於提升你的測驗分數。

It's crucial that you remember the appointment.

你一定要牢記預約時間。

採用 *the+ V-ing +of* 的名詞化形式，不光是「動名詞」
而已，有些名詞源自「形容詞」：

The happiness of the bride

新娘的快樂

The intensity of the staring

凝視目光的強烈

The blatantness of the flirting

調情的大膽程度

雖說這幾句比起前面的動名詞例句好一些，依舊相當
差勁。

解決名詞化的問題時，你先把隱藏在後方的動作轉成
主要動詞，接著帶出執行動作的人或事物。

The happiness of the bride was evident.

=The bride was happy. That was evident.

新娘的快樂顯而易見。

= 新娘子很快樂，一望即知。

The refusal of the gift was shocking.

=Vanessa refused the gift. I was shocked.

禮物遭拒令人大吃一驚。

= 凡妮莎拒絕這份禮物。我大吃一驚。

Bob's acquittal by the jury took place Monday.

=On Monday the jury acquitted Bob.

鮑勃被陪審團宣告無罪，是發生於星期一。

= 星期一時陪審團宣告鮑勃無罪。

I appreciate Trevor's support.

=Trevor supports me and I appreciate it.

我感謝崔佛的支持。

= 崔佛支持我，對此我很感激。

注意最後一個對比，將 *support* 名詞化的第一句反而比較好，足以證明名詞化也可能是極佳的選擇。但也可能是差勁的選擇，所以眼睛放亮一點，隨時留意名詞化，把它想成是一次機會，重新思考有無其他寫法、重組句子的大

好機會。有時候你會發現，直接以「主詞＋動詞」呈現，既簡單，還能給讀者愉悅的閱讀經驗。但有時候你覺得不必改，就留著吧。

別以為名詞化一定不好。要是沒有名詞化，這一章根本就不會存在，因為名詞化（*nominalization*）本身就是從 *nominal* 轉化而來的名詞啊。

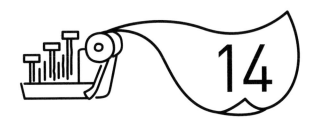

沒那麼確定的定冠詞

談談 The

Look, there's a cat.

看，那裡有隻貓。

Look, there's the cat.

看，這貓在那裡。

你是否停下來思考過 *the* 一字？看似不起眼，卻是威力無窮，擔負起重責大任，讀者必須靠這字的線索追查來龍去脈。它告訴讀者：「你應該知道我在說什麼。」我猜這就是為什麼若作者不善加留意定冠詞，就以為你該明白話裡的意思，讀者會那麼火大了。

Katie screamed and grabbed the diary.

凱媞大叫，想搶回這本日記。

唯有在你回答了這個問題：**什麼**日記，這句話才有其具體的意義。若你稍早講述時已提過這本日記，寫 *the diary* 沒問題。但若這是你第一次提到日記的事，用 *the* 委實不妙，等於向讀者說：「你知道的，那本日記嘛，跟你提過的那本。」其實你從來沒說過。

太沒禮貌了。

我們大概知道 *the* 代表的概念，不必細想，憑本能就知道怎麼用。但遺憾的是，新手作者經常寫到一半就迷路，忘記身在何處。這是可以理解的。假如你編了一個關於日記的故事，日記對你來說再熟悉不過了，唯有創作者才能如此親近熟悉。你很清楚它封面的狀況，有無日記鎖，你知道裡面寫了些什麼，裡頭的字句有多大的殺傷力。對你來說，這不是**隨便哪一本**日記，而是**這本**日記，你反覆描摹、思索，賦予它可能影響一生的重要性。當你終於把你所創造的日記付諸文字，你必須暫時離開腦海中的畫面，過一會兒才想起讀者不是你，過去這一兩年並未跟**這本**日記培養出感情。作者的職責就是把它交到讀者手中，以縮小作者與讀者之間，對某件事認知的差距。

此一原則也適用於非文學類作者。小說家或故事作者把這本日記從想像中召喚出來，但非文學類作者可能親眼**見過**這本小說。非文學類作者的手上握有大量資訊，是讀者所不知道的，從日記本的顏色、大小、封面上的咖啡杯圖案，到內頁俐落齊整的字跡。身為非文學類作者絕不會弄混，就是**這本**日記。然而作者得做點事，才能讓讀者感

受到一絲親暱，覺得它跟別的日記不同。

　　當然，若有 *the* 置於不熟悉的事物前面，總有辦法解決。立刻解釋是最好的方式，此時用關係子句串連，算得上是最佳策略之一。我們都知道關係子句置於名詞後方，用以修飾名詞，可以直接放在字的後面，增加敘述或加以釐清：

Katie screamed and grabbed the diary that her mother had given her.

凱媞大叫，想搶回這本母親給她的日記。

　　太棒了！短短的一句關係子句不單告訴讀者，是誰給了凱媞這本日記，還告訴讀者「這就是你要的解釋，讓你很快知道這本日記代表了什麼，這就是為何你覺得它是你的，你現在可以把它想成**這本**日記，而不只是一本日記。」

　　我知道對一個小小的字來說，這是大費周章的思考，但它值得好好想一想。首先，*the* 正是「為讀者效勞」的寫作方式的核心精神。*the* 用得不好，表示作者滿腦子只想到自己要說的話，忘了體貼聽眾的需求。

　　假如你不相信 *the* 具有獨一無二的重要地位，想想這個：英文裡面唯一獨享一個詞類的字就是它，它自成一個類別。

　　the 是定冠詞，與 *a*（*an*）判然有別，後兩者是不定冠詞；也和 *this*（*these*）不同，稱之為指示代名詞。

the 自成一國。

　　我已經把話說得很清楚，*the* 絕對不能用來指讀者先前沒聽過的事物，那麼我們又該如何解釋保羅・奧斯特（Paul Auster）的小說《書房裡的旅人》（*Travels in the Scriptorium*）開場的第一句，顯然這是相當普遍的用法：

The old man sits on the edge of the narrow bed, palms spread out on his knees, head down, staring at the floor.
老人坐在窄床的床緣，掌心朝上放在膝頭，低下頭盯著地板看。

　　奧斯特還沒介紹這個老人，但他沒說 *an old man*，或 *there is an old man.* 他還沒告訴我們，有這麼一個老人存在，也沒說有這麼一張床或一塊地板。這是整部小說的第一句，而 *the* 暗示我們已經透過介紹，得知此人以及他周遭的環境，即使我們真的一無所知。但這句話卻不像 *the diary* 的例子招致讀者的反感。原因是什麼？

　　很簡單，一枚銅板有兩面，任何事都一樣。假如 *the* 暗示熟悉感，那麼將 *the* 放在全然陌生的某物或某人前面，表示很快就會熟稔起來。既預示了未來，也逗弄讀者，讀者就知道作者很快會解釋這個老人是誰。作者要求讀者的信任，也會給予回報。這是技巧純熟的作家常用的寫作絕招。從這一點可以看出 *the* 的力量，也說明了讓讀者跟上你的節拍，確實很重要。

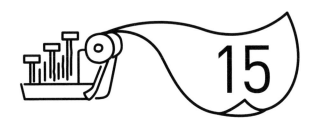

作者和他的父親悲嘆著他的不稱職

先行詞問題

　　本章標題原文："The Writer and His Father Lamented His Ineptitude," 顯然有一個人不稱職,問題是我們不曉得在說誰。*His* 可能指作者,也可能指他的父親。從本書的脈絡看來,把焦點放在作者身上的勝算比較大,所以不妨猜測這一句打了兒子一巴掌。但光從文法脈絡觀之,卻無法肯定;所以我們依舊說不準,是否有可能是在為父親的缺點嘆息。

　　這種問題叫做不明確的先行詞,有時甚至可能完全毀了一篇作品:

As the sheriff and the bandit fired their guns, a bullet pierced his heart. He fell to the ground. He was dead.
警長和搶匪都開槍,一顆子彈貫穿他的心臟。他倒在地上,死了。

第一句沒告訴我們死的是好人還是壞人。接下來兩句也沒打算向讀者交代，或許我們永遠找不到答案。這一段文字含混不清，使人火大，讀者很可能闔上這本書，而作家經紀人可能將這份手稿永遠束諸高閣。

　　值得高興的是，這些問題很容易避免。首先，記得 *the* 那一章學到的一點：你沒考慮到讀者的需要。其次，記得多注意代名詞，最好在重讀時仔細檢查。代名詞包括：

★ 主格代名詞：I, you, he, she, it, we, they（我、你、他、她、它、我們、他們／她們）

★ 受格代名詞：me, you, him, her, it, us, them（我、你、他、她、它、我們、他們／她們）

★ 所有格代名詞：mine, yours, his, hers, its, ours, theirs（我的、你的／你們的、他的、她的、它的、我們的、他／她們的）所有物

★ 所有格限定詞（不妨想成是所有格代名詞的形容詞形式）：my, your, his, her, its, our, their（我的、你的／你們的、他的、她的、它的、我們的、他／她們的）

★ 關係代名詞：that, which, who, whom（前兩者指事物，後兩者指人）

　　當然，第一人稱形式如 *I, me* 不像第三人稱形式：*his, her, hers, their, theirs* 等等，顯得危機四伏。這是因為可以稱為「他」的人非常多，但可以稱為我的人，唯有我而已，

比較不會搞混。

別被「不明確的先行詞」唬住了，沒那麼可怕。如同字面上的意思：不確定指的是前面哪一個詞。比方說：*Bubba lost his car keys.*（*波巴弄丟了他的汽車鑰匙*），*his* 是所有格限定詞，而此字指涉的先行詞是波巴，這樣讀者就明白指的是波巴的鑰匙。

至於像 *he, his* 一類的代名詞，極易出現先行詞不明確的情形。你知道中槍的是警長或劫匪，你只是忘記讀者並不知情。誰都可能犯這種錯，只要在檢查時挑出來就好。養成習慣，逐一檢視每一個代名詞，確認有表達清楚。

但即使不夠清楚，也很容易解決：

As the sheriff and the bandit fired their guns, a bullet pierced ~~his~~ the bandit's heart. He fell to the ground. He was dead.

警長和搶匪都開槍，一顆子彈貫穿搶匪的心臟。他倒在地上，死了。

注意到了嗎？最後兩句保留了 *he*，一看就知道是指搶匪，讀者明白了。

當然，其他情況下，*he* 不一定有那麼清楚。倘若是警長先中槍，隔了兩句，劫匪才中槍，那麼讀者依舊搞不明白是誰倒地而死。但再說一次，此處證明了讀者是你的指路明燈，幾乎可以說讀者在幫助你。說它是悖論也好，是

業力或因果報應也罷，或者像加入匿名戒酒團體酗酒者共同的信念，幫助他人就是在幫助自己滴酒不沾。怎麼說都行，只要記得這股力量。

並非所有的代名詞都像人稱代名詞（*he, him* 等等）一樣容易上手。以 *it* 為例，並非特指某人，可以指無生命物體，也可以指涉模糊的概念。比較下面兩句：

The car is parked. It is in a handicapped space.
這輛車停妥了，停在殘障車位。
Jenna knows math. It is why she landed this job.
珍娜懂數學，這就是為何她獲得這份工作。

It 跟其他代名詞一樣，代替某一個名詞。顯然第一句的 *it* 指的是 *the car*，但第二句的 *it* 到底是指什麼？是 *Jenna*？不是。是 *Math*？也不是。只剩下 *knows* 一字，但這是一個現在式的變化動詞。但怎麼會用代名詞指代動詞？簡單，若作者心中認為 *it* 是代替 *knowing*，*it* 便是指 *knowing* 這件事。先行詞包含在句子裡，可能是動名詞 *knowing*，等於 *Knowing math is why Jenna landed this job.* 也可能是隱含的名詞，比如 *The fact that Jenna knows math is why she landed the job.* 或 *Jenna's knowledge of math is why she landed the job.*

That 和 *which* 也是較常產生問題的代名詞：

I went to the movies with my daughter, and though we

were late, we caught most of the new Woody Allen movie. That's what life is all about.

我跟女兒去看電影。雖然遲到了，卻看到大部分伍迪‧艾倫的新電影。這就是人生啊。

人生就是這麼回事，指的是什麼？與女兒共度時光？遲到？就算情況不如預期，也要盡可能把握每一次機會？還是指伍迪‧艾倫？或上面所有元素組成的生命片段？作者應該說清楚些：

I went to the movies with my daughter, and though we were late, we caught most of the new Woody Allen movie. ~~That's~~ Afternoons like that are what life is all about.

我跟女兒去看電影。雖然遲到了，卻看到大部分伍迪‧艾倫的新電影。像這樣的下午就是人生啊。

I went to the movies with my daughter, and though we were late, we caught most of the new Woody Allen movie. ~~That's~~ Grabbing what you can is what life is all about.

我跟女兒去看電影。雖然遲到了，卻看到大部分伍迪‧艾倫的新電影。盡可能抓住每一次機會就是人生。

同樣道理可以衍伸到其他層面：

Health care and education are among the fields that
have added jobs. The audiovisual industry is, too.
包括健康照護和教育等領域，都釋出更多職缺。
視聽產業也是。

這句話本身沒錯，卻讓我愣了一下才懂──視聽產業也
是，是什麼？得多花一兩秒才明白作者刪掉第二句的一部
分，完整句子是 The industry is <u>among the fields.</u> 保留弦外
之音沒錯，但暗示意味必須夠明顯，別讓讀者自行摸索：

Kelly is crazy. Ryan is, too.
凱莉瘋了，萊恩也是。

唯有讀者心領神會，暗示才算到位。這裡不明說，但
我們都知道意思：萊恩也瘋了。

我在讀前面健康照護的那一句時，覺得最有意思的是
作者故意給自己找麻煩。要是他一開始就不那麼囉嗦，也
就是拿掉 *are among the（fields）* 此一結構，意思會更清楚。

The H~~h~~ealth care and education ~~are among the~~ fields
~~that~~ have added jobs. The audiovisual industry ~~is~~ <u>has,</u>
too.

健康照護和教育領域已釋出更多職缺。視聽產業
也已經這麼做。

不管什麼時候用代名詞，或採暗示方式，只要確定別
人看得懂你的意思就好。若發現意思不夠清楚，直接挑明
了講。像是先前的例子：

As the sheriff and the bandit fired their guns, a bullet
pierced ~~his~~ the bandit's heart. He fell to the ground.
He was dead.

很多作者極力避免這種情況，覺得聽起來是多餘的。
如果你能想到另外一個詞，務必改用。不妨以 criminal（罪
犯）代替 bandit（搶匪）：

As the sheriff and the bandit fired their guns, a bullet
pierced ~~his~~ the criminal's heart. He fell to the ground.
He was dead.

詳盡一點的寫法像這樣：

As Sheriff B. A. Ramirez and the bandit Stealy
O'Reilly fired their guns, a bullet pierced the
Irishman's shamrock-shaped heart. He fell to the

ground, spilling his bottle of Guinness. He was dead as the corpse in *Finnegans Wake*. There'd be no pot of gold at the end of his rainbow—no sweet bowl of Lucky Charms with its yellow moons, orange stars, and green clovers.

警長 B. A. 拉米雷茲和搶匪斯代利・歐雷利都開槍，一顆子彈貫穿了這個愛爾蘭人宛如酢漿草形狀的心臟。他倒在地上，健力士黑啤酒灑了出來。他死了，一如《芬尼根守靈夜》裡的死屍。他人生的彩虹盡頭不會有一缽黃金，也沒有一大碗甜滋滋、做成各種形狀且色彩繽紛的穀片，有黃色月亮、橘色星星，以及綠色三葉草。

就像這樣。

任何你想用的字眼都可以用，但若是找不到同義詞或其他文雅的詞彙，來指稱先行詞，寧可重複也不要造成混淆。與其拒絕說清楚到底是哪一個重要人物死了，還不如重複 *bandit* 一字比較好。

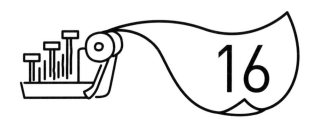

詞性一致才叫做平行
錯誤的平行用法

Sammy's Grill is open daily for lunch and dinner and Sunday brunch.
賽咪燒烤餐廳每天供應午、晚餐，以及星期日的早午餐。

每天都有星期日的早午餐？真棒！

Roger praised the band's vocalist, bassist, drummer, keyboard, and guitar players.
羅傑讚美樂團的歌手、貝斯手、鼓手、鍵盤，以及吉他手。

羅傑真溫柔貼心，連鍵盤都讚美到了。

Relax in the lounge, the sauna, or by the pool.
在休息室、桑拿浴室、或泳池邊休息。

顯然 in 可以由三者共用；by the pool 的 by 可以刪去。

She was awarded a national book award in fiction as
well as a finalist for the Pulitzer Prize.
她獲頒一項國家級小說類獎項，以及普立茲獎的
最後決選者。

我很好奇他們給她哪一位決選者，她又是如何處置這
個人。

上述有問題的平行用法，都出自領有稿費的真正作家
之手。這些例子證明了一件事：平行概念有時候複雜又微
妙，值得我們花一些時間練得純熟。

平行來自於讀者的期望。當讀者看到一串文字，自然
而然期待那是一串清單：

Pablo has visited Maine, Idaho, Pennsylvania, Georgia,
and New Jersey.
帕博羅去了緬因州、愛達荷州、賓夕法尼亞州、
喬治亞州，以及紐澤西州。

一旦你納入一個不同於其他的元素，就等於違背了讀者的期待：

Pablo has visited Maine, Idaho, Pennsylvania, loves Georgia, and New Jersey.
帕博羅去了緬因州、愛達荷州、賓夕法尼亞州，喜歡喬治亞州和紐澤西州。

平行可以是一串字、片語，也可以是整個子句。每一個元素的形式都必須相同，若連接同一個用語或子句，形式應該一致。請見下面例句：

This car runs fast, lasts long, requires little maintenance, and holds its value.
這部車跑得快，持續得久，不太需要保養，而且能保值。

共通的元素是 *this car*，而這一串清單都是動詞片語，就算各自獨立，也可以和 *this car* 組成完整句；換句話說，它們均用同樣方式和 *this car* 連接。要是其中一個詞組不是動詞片語，比如換成 *well*，這一句就垮了：

This car runs fast, well, lasts long, requires little maintenance, and holds its value.

這部車跑得快、又好，持續得久，不太需要保養，而且能保值。

因為加了 *well* 一字，從句構來看，這句話的意思變成：*This car runs fast, runs well, runs lasts long, runs requires little maintenance, and runs holds its value.* 但根本不是這個意思。

想改正錯誤的平行用法，有好幾種方式。譬如在某字前面加一點東西，讓每一個平行字的地位相等：

This car runs fast, <u>runs</u> well, lasts long, requires little maintenance, and holds its value.

你也可以打散整句話，拆散原本的清單，變成另外一種形式：

This car runs fast, well, and long, <u>and it</u> requires little maintenance and holds its value.
這部車跑起來又快又穩又久，而且它不太需要保養，還能保值。

但就算平行形式用對了，依然可能卡卡的：

I was entertained by the décor, as well as the live piano music.

這裡的佈置和現場的鋼琴演奏讓我覺得愉快。

你可能會說，*entertained by* 同時指兩個詞，但多加一個 *by* 會更清楚：

I was entertained by the décor, as well as <u>by</u> the live piano music.

每一種平行形式都有其風險，無法用簡單的公式處理每一種情況。你只能一步步小心走，隨時以讀者為念。

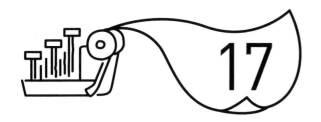

沒用的標點統統拿掉
談談分號與括弧

　　如果你讀到這一章，希望看到有關分號和括弧的持平理智的討論，你恐怕要失望了。你找不到平衡説法，因為我太討厭分號了，就算不得不承認分號也有用處，甚至能讓句子起死回生，我還是很不喜歡，而且我説得理直氣壯。括弧也同樣讓人厭煩，儘管不能否認它的地位。其實我會用括弧。身為讀者，我有時候享受括弧帶來的效果。雖說我能夠理性地觀察它們的功用，卻不表示我願意平心靜氣談論這個題目。我太常看到寫作的人老是濫用標點符號。我不能輕輕放過，我不會這麼做。

　　我想這就是偏見的本質——單獨存在的糟糕例子使我們以偏概全。但這一章仍將討論分號和括弧——無論我對這兩種標點有多深惡痛絕——只希望你能夠達成自己的結論。

　　先來抒發一下我的偏頗見解：

1. 分號：多半缺乏實際目的，作者只想炫耀自己也會用分號罷了。
2. 括弧：作者懶得費心為讀者好好說明，直接把一大堆資訊塞進括弧裡最方便。

啊，直抒胸臆的感覺真好。現在輪到用學術口吻來討論了。

分號的任務有二：首先，它有助於紓解一長串清單的笨重感。其次，可分隔兩個緊密相關、本身各自獨立的子句。我對第一個任務沒有太多意見，因為在這種情況下，打上分號的確是體貼讀者的做法：

Brad visited Pasadena, California; Cheyenne, Wyoming; Sarasota, Florida: and Boulder, Colorado.
布列德造訪加州的帕薩迪那，懷俄明州的夏安，佛羅里達州的薩拉索塔，以及科羅拉多州的波德。

分號把包含逗號的詞組斷開，好比是超級逗號。上面這句若拿掉分號，改以一般的逗號代替，你會發現句子變得不知所云。沒了分號，城市和州便處於同等地位。要是大聲唸出來，每一個字的重音和語調都一樣。分號讓我們清楚看到這一串裡面，誰跟誰是一組，譬如 *Pasadena* 與 *California* 合起來是一處地名，並非各自為政。

關於分號的好處，說到這裡為止。

雖說分號在某些情況下，地位十分重要，卻更常遭到誤用。應該說作者把分號當成藉口——哦不、是誘因——寫出糟糕透頂的句子：

He wanted to visit Brooklyn, New York; Queens, New York; and Schenectady, New York, and he had already invited his cousin, Pete; his mother's next-door neighbor, Rob; and the neighbor-hood dog, a terrier, to join him.
他想造訪紐約的布魯克林，紐約的皇后區，和紐約的斯克內塔迪，而且他已經邀請表親彼得，他母親的隔壁鄰居羅伯，和附近的狗，一隻㹴犬，跟他一道去。

　　作者顯然愛極了分號，但如此一來，卻減損了句子的效果。統統拿掉，句子變得更好讀：

He wanted to visit Brooklyn, Queens, and Schenectady. He had already invited his cousin, Pete, his next-door neighbor, Rob, and a local terrier to join him.
他想造訪布魯克林、皇后區和斯克內塔迪。他已經找了表親彼得，隔壁鄰居羅伯，和附近的㹴犬，跟他一道去。

分號的第二項任務更糟。我有次審到一篇談論水療的文章，這是其中一句：

"Now shower; and your skin will feel like silk," she told me.

「現在去沖澡；你的皮膚摸起來就像絲一般滑，」她對我說。

容我翻譯一下：「瞧瞧我！我會用分號耶！」

此處的分號用來斷開兩個獨立子句，一點也沒用錯。但顧名思義，獨立子句可以自行存在。既然如此，何不放它們自由？用逗號也可以，寫成兩句也行，或者什麼都別用。

常有人替分號說話，認為上述這種寫法沒錯——錯是沒錯，但確有必要嗎？你只是想告訴大家知道分號怎麼用，不是嗎？寫作的至高目標是貼近讀者，這也是我討厭用分號的根本原因。

但我盡量克制一己的偏見。若看到下面的句子，我逕予保留：

Holly hadn't had a drink for weeks; she wanted one badly.

荷莉好幾個禮拜沒喝酒了；她超想喝一杯。

假如作者認為這兩個獨立子句唇齒相依，非得放在同一句不可，身為審稿人，我沒有立場表示反對。但換做我是作者，我會把兩句話分開。

　　其他通情達理的專家也不喜歡分號。《華盛頓郵報》商業版文稿主編比爾‧華許（Bill Walsh）在《善用標點》（*Lapsing Into a Comma*）一書中說：「分號是個醜陋的混蛋，我盡量不跟它打照面。」這句話提醒了我們：可讀性和美感總是攜手並進。用了許多分號的句子很傷眼——傷害讀者的眼睛。

　　「給寫作新手的忠告？別用分號！」知名作家馮內果（Kurt Vonnegut）在 2007 年的一場演講上說。「分號好比雌雄同體，事實上什麼也不是。唯一的功能是讓別人知道，你可能讀過大學。」

　　另一方面，有時候我們非用括弧不可，但它們經常讓句子顯得拖泥帶水。而且跟分號一樣，常被人濫用。請見下例：

CarCo's L9 Sports Activity Coupe claims to marry coupe-like handling to SUV-ish utility. Though it's more coupe（the fastest version does 0-60 mph in 5.3 seconds）than SUV（offering less cargo space than CarCo's smaller L4 crossover）, the instantly recognizable L9 comes close to the hype.

汽車公司的 L9 休旅跑車宣稱四輪傳動越野車將結

合跑車的操縱系統。儘管性能偏向跑車（最快版本能在 5.3 秒內加速到 60 英里），而非四輪傳動越野（運貨空間比同公司小型 L4 跨界休旅車還窄），甫推出就備受矚目的 L9 確實名不虛傳。

文章作者的職責就是讓資訊更容易消化，但括弧比較像硬逼人吞下肚，彷彿告訴讀者：「我實在懶得花精神把重大事實寫成一篇敘述。喏你看，統統塞進來囉。」

CarCo's L9 Sports Activity Coupe claims to marry coupe-like handling to SUV-ish utility. It's more coupe than SUV. The fastest version does 0-60 mph in 5.3 seconds, and it offers less cargo space than CarCo's smaller L4 crossover. Yet the instantly recognizable L9 comes close to the hype.

汽車公司的 L9 休旅跑車宣稱四輪傳動越野車將結合跑車的操縱系統。此一車款偏向跑車而非四輪傳動越野。最快版本能在 5.3 秒內加速到 60 英里，運貨空間比同公司小型 L4 跨界休旅車還窄。然而甫推出就受到矚目的 L9 確實名不虛傳。

有時候，括弧的確是告知資訊的最佳方式，通常括弧內字數越少，效果越好。當你看到括弧裡塞進很多東西，一句話當中塞進很多括弧，就該明白整句話最好打散重寫。

不同意也沒關係，許多作者都跟你同一國。有些作家愛用括弧，而且用得極好，使人讀來心情愉快。美國作家大衛・福斯特・華萊士（David Foster Wallace）將括弧推向了極限，堪稱「括弧之王」：

The CNN sound tech（Mark A., 29, from Atlanta, and after Jay the tallest person on the Trail, vertiginous to talk to, able to get a stick's boom mike directly over McCain's head from the back of even the thickest scrum）has brought out from a complexly padded case a Sony SX-Series Portable Digital Editor（$32,000 retail）and connected it to some headphones and to Jonathan Karl's Dell Latitudes laptop and cell phone, and the three of them are running the CNN videotape of this morning's South Carolina Criminal Justice Academy address, trying to find a certain place where Jonathan Karl's notes indicate that McCain said something like "Regardless of how Governor Bush and his surrogates have distorted my position on the death penalty…"

CNN 的錄音師（馬克・A，29 歲，來自亞特蘭大，是繼傑之後錄音室裡最高的人，跟他說話頭會暈，有辦法讓吊掛式麥克風從最厚的音響設備後方繞過來，懸在麥肯主播的頭上），從一個覆著

各種襯墊的盒子裡，拿出 Sony SX-Series 可攜式數位編輯器（零售價 32,000 美元），連接到幾個頭戴式耳機，以及強納森‧卡爾的 Dell 商用筆電及手機上，三種裝置同時播放 CNN 當日早上錄的南卡羅來納刑事司法研究院的演講內容，試著找出卡爾抄錄下來的麥肯的發言，大意是：「無論布希州長和他那群代理人如何扭曲我針對死刑的立場……」

（假如你認為 126 字的句子中，插入包括 38 字與 2 字的括弧讓人咋舌，你應當看看這人寫的註腳。但我居然在括弧裡扯遠了……）

這個例子證明了偏見有多愚昧。華萊士是得獎作家，深受評論界的讚揚。顯然我心胸偏狹的批評，不適合用在這一段。但不管怎樣，我還是覺得如鯁在喉……

華萊士運用括弧創造出想法的迷宮，好讓讀者盡情悠遊、多方探索。括弧在他手中是為讀者服務的工具，而不是貪圖一己的方便。許多人讚不絕口。至於我，我懂得華萊士這麼寫的用意，但我並不特別喜歡括弧和註腳。我喜歡用線性方式吐露資訊，一次一口，份量剛好。

括弧也可以用來傳達聲音，藉此偷渡一些嘲諷的看法、諷刺、驚嘆，或其他小注釋：

George told me he was going out for a pack of

cigarettes（yeah, right）and that I shouldn't wait up.
喬治告訴我他要出去買一包菸（最好是），叫我先
睡，不必等他。

　　這種括弧我倒是沒意見，其實我還滿喜歡，因為有種
祕而不宣的況味，好像在對你點頭、眨眼，或悄聲說：
「看！」它們能夠添加另外一重意義、傳達警告或幽默。我
想不同之處在於，塞入訊息的括弧是給作者方便，但這類
當成音效的小括弧卻是替讀者效勞。
　　關於括弧和分號，你不妨有自己的一套意見。只是要
記得，它們效勞的對象是誰。

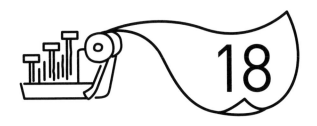

你沒說
具名引述他人的説法

我校訂某位作者的文字,他經常這麼寫:

"The menu is all new," Jones enthused.

「菜單上的菜式都是新的,」瓊斯熱心地說。

"Schools in the area are improving," Principal Wilson
enthused.

「這區的學校越來越好了,」威爾森校長熱切地說。

"I am enthused," I enthused.

「我好熱心,」我熱切地說。

好吧,最後一句是我編的。但這個作者很愛在引述他
人的話時,用 *enthused* 一字,猜猜看有幾次我沒管它。答
案是,一次也沒有。我每次都要改正。我的理由是,嚴格
說來他用錯了,這個動詞的意思並非如此。查一下字典,

你會發現你可以覺得熱切（be enthused），或熱衷於某事（enthused over something），但你不能使某件事熱心（enthuse something）。這字不是及物動詞，至少他不該這麼用。

但這只是我的藉口。真正的理由是我覺得 *enthused* 令我惱怒。在新聞界，*said* 的效用無窮：簡單、準確、不加修飾。其他替代字因而顯得浮誇又可笑。你可以不同意，只要知道持同樣見解的編輯並不少。下回想用其他字代替 *said* 時，請深思熟慮。

小說的創作迴旋空間比較大，卻不表示你可以隨心所欲。當你引述旁人的話，有時候可以說 *He hissed*。另外，引述他人話語，有時也可用 *screamed*（*尖叫*）、*hollered*（*大喊*）、*moaned*（*呻吟*）、*explained*（*解釋*）、*replied*（*回答*）代替，甚至許多編輯並不介意用 *laughed* 來引述某人說話。我不管它，但也有人會改。我看到 *he extolled*（*他極力讚揚*）會改，也認為 *echoed the sentiment*（*呼應此一看法*）是個警訊，告訴我這名作者只是多方引用，壓根兒談不上寫作。

具名引用應該讓讀者知道，說話者是誰。如果可能，試著表達出情感或其他訊息也不錯。但也不必判 *said* 出局，只因為作者滿心想展現自己多有才氣或創意。

在文章內具名引用他人說法，另一個常見問題是：

"Our redesigned casino will be better than ever," general manager and CEO Michael Roberts said, suggesting visitors try out the new higher-paying slot machines and the redesigned poker room while visiting the property and adding that the restaurant is now open 24 hours as well.

「我們重新設計的賭場比以前更棒，」總經理暨執行長麥可‧羅伯茲說，建議訪客到這裡玩時，不妨試試贏面更大的新式吃角子老虎機跟重建的撲克室，又說餐廳現在也是二十四小時開放。

回想一下分詞當修飾語那一課。*Adding*（加上一句）、*suggesting*（建議）、*noting*（記下來；提及）、*implying*（暗示）、*referring to*（提到）等等都可以用來修飾 *said*，但有些作者太常使出這一招。具名引用某一段話時，不適合擠進太多旁枝末節。倘若發現句子讀起來太刻意，另外起一句、甚至兩句都無妨。

"Our redesigned casino will be better than ever," general manager and CEO Michael Roberts said~~,~~. He suggest~~ing~~ed visitors try out the new higher-paying slot machines and the redesigned poker room~~.~~ ~~while visiting the property and adding~~ He added that the restaurant is now open 24 hours ~~as well~~.

「我們重新設計的賭場比以前更棒，」總經理暨執行長麥可‧羅伯茲說。他建議訪客試試贏面更大

的新式吃角子老虎機跟重建的撲克室。他又說餐
廳現在二十四小時開放。

若你喜歡在具名引述時表現創意，放手去做。但別為
了炫才或標奇立異，而是因為這麼寫更棒。若不太確定，
請記住 *said* 是你隨時可以依靠的老友。

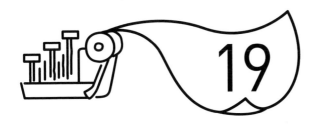

刪去多餘
別讓措辭拖垮句子

弗朗辛‧普洛斯（Francine Prose）在《像作家一樣閱讀》（*Reading Like a Writer*）中擷取約翰遜博士（Samuel Johnson）《野蠻人的生活》（*The Life of Savage*）的第一句。這句話有一百三十四字之多，但身為資深寫作老師的普洛斯卻未批評它大而無當，反而給予褒揚。理由呢？普洛斯說，這一句用字經濟。

編輯一份報紙時，經常會看到「用字經濟」一詞。想想看，每天動輒印製幾十萬份，油墨可不便宜，你絕不願浪費。因此，只要報紙仍然印在紙上，就會繼續秉持「適合印出來等於適合刊行」的精神。但即使是網路文章、或有關哈比人或外星球霸主的八百頁冒險小說，用字經濟仍屬美德。你問，為什麼？請先思考一下，或許便能得出答案。沒錯，是為了讀者。讀者的時間寶貴，也許專注力短暫，有無以數計的機會讓他分心，況且他願意讀你的文章

便已是莫大恩賜，你應該滿心感激才對。

別浪費他的時間。學習刪去軟弱虛浮的文字，務求每一個字都有用，每個句子都精簡有力。

虛胖的句子和長句不同。是的，有時候兩者是同一回事，但不見得一定是。一個一百三十四字的句子也許用字極省，而八字的句子搞不好有七個字是虛胖，甚至全部是贅詞。

但除去贅肉並非易事。虛胖的文字透過許多方式潛入作品當中，可能是不必要的副詞、莫名其妙的贅字、出於自覺的過度解釋、陳腔濫調，甚至專業術語。你應當培養習慣，時時思考該不該刪去或換掉一個字、片語或句子，讓句子更簡潔。養成習慣，思索句子本身究竟是資產抑或負債。

我們將在本章討論最容易解決的虛胖句子，也就是拿掉不必要的字和過長的插入語，這是最常見的瑕疵。我們也將探討兩個聽起來很嚇人、其實一點也不難的觀念：連寫句和逗號拚接（用逗號連接兩句或更多的獨立句）。比較難的結構性問題留待下一章討論。

形容詞也可能導致文章虛胖。鑒於它們的必要性，實在教人驚訝。然而它們確是重擔。

試舉《達文西密碼》（*The Da Vinci Code*）常為人詬病的第一句為例：

Renowned curator Jacques Sauniere staggered through

the vaulted archway of the museum's Grand Gallery.

德高望重的（羅浮宮）館長賈克・索尼耶腳步踉蹌地穿過大畫廊的圓拱長廊。

這一句有兩個形容詞，*Grand* 還不算在內，它算專有名詞的一部分。其中一個形容詞過得去，另外一個呢——我不是第一個這麼說的人——簡直恐怖。

Vaulted 有其功能，不算好，但也不差，至少幫助一些讀者在心中勾勒畫面，但也有讀者看到 *archway* 一字便知是上方有圓拱的廊道。不管怎麼說，這字用得合理。

Renowned 卻是糟透了。這絕非我個人的意見。語言學家浦哲夫（Geoffrey Pullum）也持同樣見解，表示《達文西密碼》這一句是典型例子，作者想利用形容詞傳達真正的訊息。要知道，這是本書的開頭句，而作者已經告訴我們如何去看待某個書中人物，卻不願意善盡作家職責，用刻畫方式告訴讀者，此人有多德高望重。

那麼第一句應當如何修改？先來看看其他作家怎麼寫：

In the late summer of 1922, my grandmother Desdemona Stephanides wasn't predicting births but deaths, specifically, her own.

1922 年晚夏，我祖母黛絲荻蒙娜・史蒂芬尼德沒料到有新生命，她一心預期死亡，尤其是她自身的死亡。

以上節錄自傑佛瑞·尤金尼德斯（Jeffrey Eugenides）的小說《中性》（*Middlesex*），作者沒說 *my eccentric grandmother*（我古怪的祖母）、*my hypochondriac grandmother*（我愛瞎疑心的祖母）、或 *my neurotic grandmother*（我神經質的祖母）。不出幾句話就把情況說得一清二楚，上面的形容詞全都可以套在她身上：*"Desdemona became what she'd remain for the rest of her life: a sick person imprisoned in a healthy body."*（黛絲荻蒙娜終其一生都是這個樣子：一個有病的人住在健康的軀殼裡。）尤金尼德斯不需要扔出個形容詞給祖母，才能把意思傳達出來。

下面這個句子同樣善用描述，代替形容詞：

It's somewhere above Nebraska I remember I left my fish behind.

我記得是在內布拉斯加州上方某處，我把魚留在那兒。

恰克·帕拉尼克（Chuck Palahniuk）大可以說 *my beloved fish*（我鍾愛的魚），甚至 *my beloved butterscotch-colored fish*（我鍾愛的奶油糖果色的魚），但他沒有。他用這個簡單的句子開啟《倖存者》（*Survivor*）第三十九章，又隔了一會兒才說：*"It's crazy, but you invest all your emotion in just this one tiny goldfish, even after six hundred and forty goldfish, and you can't just let the little thing starve to death."*（真

的沒道理，但你把全部情感投注在一條小金魚身上，就算以前養過六百四十條。而你就是不能讓這小東西餓死。)

　　換句話說，也許解決《達文西密碼》這一句最好的方式是直接拿掉形容詞 *renowned*，甚至連它修飾的名詞 *curator* 以及後面的形容詞 *vaulted* 也拿掉，等待更好的時機傳達這項訊息。毫無疑問，實力更堅強的作家大概會這麼寫：

Jacques Sauniere staggered through the archway of the museum's Grand Gallery.
賈克‧索尼耶腳步踉蹌地穿過羅浮宮大畫廊的拱廊。

　　形容詞不是不好，某些時候很好用，尤其是當成謂語（predicate）用，最能畫龍點睛：*Frau Helga was <u>tall.</u>*（海爾格小姐是<u>高個子</u>）。

　　但形容詞不能代替明確的資訊。多半時候，形容詞違反了「少就是多」的原則，比如 *The big, terrifying, homicidal, totally out-of-control escaped convict ran toward me.*（這個大塊頭、看來很恐怖想殺人、完全失控的逃犯朝我跑來。），沒能達到效果。只要說 *The escaped convict ran toward me.*（這個逃犯朝我跑來），就此打住。

　　不妨將形容詞分成兩類：事實與價值判斷。用以傳達事實的形容詞可以用，但硬要讀者接受某種價值判斷的形

容詞，卻是麻煩的根源。*Bloodied and limping curator Jacques Sauniere*（流著血、一拐一拐的館長賈克‧索尼耶），雖說不免生硬，仍然勝過 *Awesome and brilliant curator Jacques Sauniere*（了不起、聰明絕頂的館長賈克‧索尼耶）。

更糟的是，有時候形容詞毫無意義。*The exact same* 不就是 *The same*？唯一的差別在於，作者想利用 *the exact same* 強調一己的論點。但我們知道，這麼寫可能適得其反，削弱了論點的力量。

假如這段關於形容詞的討論，讓你想起副詞的那一章，是有原因的。形容詞與副詞具有同樣的風險。看下面這一句：

> The freshly rejuvenated $70-million Sands Resort & Spa hearkens to Vegas's glory days.
> 斥資七千萬美金新近修復的金沙度假村暨水療中心，仿效拉斯維加斯的昔日輝煌。

除非你積極地刪除冗詞贅字，否則不容易注意到用 *freshly* 來修飾 *rejuvenated*，差不多等於說 *freshly refreshed*，完全多此一舉。

現在把堆金砌玉的副詞拿掉，句子變成：

> The freshly rejuvenated $70-million Sands Resort & Spa hearkens to Vegas's glory days.

斥資七千萬美金修復的金沙度假村暨水療中心，
仿效拉斯維加斯的昔日輝煌。

Freshly 一字無聊至極，彷彿作者是為了達到最低字數要求才加上去。精簡版本雖然只有一字之差，卻凸顯了本質，更有力地吸引讀者的目光。

第七章提到，情狀副詞可能招致反效果，削弱了原本亟欲強調的主張。但副詞也可能造成冗贅，如 *already existing*（已經存在）、*previously done*（先前已完成）、*first begin*（首度開始）、*currently working*（目前正進行）。

當然，就算副詞本身不算冗字，也可能讓句子變得鬆垮無力：

Sarah quickly grabbed a knife.
莎拉很快抓起一把刀。
Sarah grabbed a knife.
莎拉抓起一把刀。

這一句加了 *quickly* 真的有差嗎？還是說基於「少就是多」的原則，第二句比較好？有些人可能不同意，的確有時 *quickly* 一字能添加關鍵的資訊。但於我而言，這一句不加 *quickly* 更能傳達出立即性。

要注意有些情狀副詞並未添加具體訊息，說了等於沒說，如 *extremely*（極度）、*very*（非常）、*really*（真正地）、

incredibly（難以置信地）、*unbelievably*（難以置信地）、
astonishingly（令人驚詫地）、*totally*（完全）、*truly*（真正；
如實）、*currently*（目前）、*presently*（目前；不久之後）、
formerly（以前）、*previously*（在……之前）。

還得留心太想加強動作效果的副詞：*cruelly*（殘忍
地）、*happily*（高興地）、*wantonly*（放縱地）、*angrily*（生
氣地）、*sexily*（性感地）、*alluringly*（誘人地）、*menacingly*
（險惡地）、*blissfully*（幸福地）。

這些字都有自己的位置，也會出現在第一流作品當
中，但更常在低劣文字裡見到它們的蹤影。把它們當成警
示燈，仔細評估是否該用。

鬆軟無力的搭配詞，不光是副詞和形容詞而已。下面
這句是我審稿時遇到的句子，我已改動原本的文字：

In addition to on-the-clock volunteer opportunities,
ABC Co. also offers standard healthcare benefits,
adoption assistance and flexible scheduling to help
employees cultivate work/life balance.
除了提供照付薪水的志工機會，ABC 公司也提供
符合標準的照護福利、領養協助和彈性工時，幫
助員工追求工作與生活的平衡。

In addition to 真討厭。別誤會，我自己就常寫，但十次
只有五次，我會想起身為作者的我正在寫身為讀者的我沒

法忍耐的文字。雖然我也會犯這種錯，不表示我會同情無端亂拋 *in addition to* 的作者。

不是說 *In addition to* 一定不好，有時候是正確的用法。但 *in addition to* 通常是指先前詳細討論的某一件事。從例句來看，顯然讀者早知以前討論過薪水照付的志工機會，很可能作者才剛結束這個話題，打算過渡到下一個主題。也就是說，他其實在說：「除了我方才提過的這事，還有另外一件事。」

要達到這個效果，直接說 *Here's another thing*（還有另外一件事）就好，或乾脆跳至下一個主題。

這就帶出了例句的另一個問題。*In addition to* 這個片語帶出了含有 also 的子句。這是多此一舉。如此一來，*in addition to* 整組片語完全白費了。其實作者只要說：

ABC Co. also offers standard healthcare benefits, adoption assistance and flexible scheduling to help employees cultivate work/life balance.
ABC 公司也提供符合標準的照護福利、領養協助和彈性工時，幫助員工追求工作與生活的平衡。

我們可以再問，需要說 *to help employees cultivate work/life balance* 嗎？答案見仁見智；究竟要保留還是刪除，值得思考。

像 *in addition to* 這類毫無營養的小片語還有很多。執

教於康乃爾大學的威廉‧史壯克（William Strunk）在《英文寫作風格的要素》（*Elements of Style*）一書的原版，提醒自己的學生：「刪去不必要的字，」接著列舉例子。史壯克寫道：「*"The question as to whether"*（至於是否），只要說 *"Whether"*（是否）。*"Used for fuel purposes"*（當成燃料的用途），只要說 *"used for fuel"*（當成燃料）。*"This is a subject"*（這是一個主題）一字，只要說 *"this subject"*（這個主題）。」

史壯克再三提醒學生，千萬別寫 *the fact that*（……的事實）：「應該要徹底掃蕩 *the fact that* 這個詞，把它趕出每一個句子。」

史壯克寫《英文寫作風格的要素》時，並不打算寫成通用的寫作規則，只是康乃爾學生課堂上的寫作規範。如果你不贊成哪個建議，別理它就好了。但當中確有吉光片羽，適合在此討論。寫作時，仔細衡量哪個措辭是否多餘。如果是，刪掉。

我對 *the fact that* 一詞比較寬容，因為有時候這是傳達某個抽象概念當成名詞的最佳方式：

That Robbie steals means he's a thief.
羅比偷東西代表他是小偷。
The fact that Robbie steals means he's a thief.
羅比偷東西一事代表他是小偷。

因為 *the fact* 是名詞片語，比起從屬子句 *That Robbie steals* 更容易看出是主詞。但從以前就常聽人說 *the fact that* 根本是廢話，這番告誡並非無的放矢。不妨先思考有無其他寫法，將 *the fact that* 當成最後一個選項：

Because Robbie steals, he's a thief.
因為羅比偷東西，他是小偷。

我對 *due to the fact that* 比較保留，太過冗長，只要說 *because* 就好。

除此之外，宜多留意其他有「灌水」嫌疑的修辭，包括 *in terms of*（鑑於）、*for his part*（對他來說）、*he is a man who*（他是……的男人）、*the exact same*（完全一樣）、*taking into account*（納入考慮）、*as if this weren't enough*（彷彿這樣還不夠）、*considering all that*（考慮所有因素），不勝枚舉。

He is a man who 與其他相同結構的句子，令人備感困擾：*It is a place that*（這是……的地方）、*Dancing is an activity that*（跳舞是……的活動）、*John's is a house that*（約翰家是……的房子）、*Cooking is a thing that*（烹飪是……的事情），全都遵循同一種形式：

名詞／代名詞 +to be+ 指向跟前面相同的名詞／代名詞 + 關係代名詞

這種句構沒把重心放在重要事物上，主要子句帶起的訊息幾近廢話：

He is a man who works very hard.
他是工作很賣力的男人。

Paris is a place that gets snow.
巴黎是會下雪的地方。

Dancing is an activity that amounts to good exercise.
跳舞是有不錯運動量的活動。

John's（house）is a house that was built in the 1800s.
約翰家是建於十九世紀的房屋。

以上幾個例句，新添的訊息全困在關係子句中，亦即由 *that, which, who, whom* 引領的句子，第八章曾介紹過。主要子句裡沒有新訊息，跟第二章介紹的「主從關係顛倒」面臨同樣的問題：句中最有趣的訊息卻沒當上主角。

要解決這種句構的問題，只要把新訊息置於主要子句：

空洞的主要子句	提供訊息的主要子句
He is a man who works very hard.	He works very hard.
Paris is a place that gets snow.	Paris get snow.
Dancing is an activity that amounts to good exercise.	Dancing is good exercise.
John's is a house that was built in the 1800s.	John's house was built in the 1800s.

眼睛放亮一點，看到這種句構就得動手改過來。

For his part 也是個浪費墨水的詞，你大概以為這種情況很少見，但我審稿時就遇過好幾次。下面這一句我曾親身碰到，我僅略加改動而已：

For Brady's part, as the director of the Center for Computer Security at the Information Institute at the university, emphasis is on training students for the programming path.

對布列迪來說，身為大學資訊研究所的電腦安全中心主任，重點在於訓練學生取得程式設計路徑。

上面這一句的問題不止一端，但最明顯也最容易修正的是 *for Brady's part*。*For Brady* 僅有兩個字，意思卻一樣。我認為不管是哪一種情況，拿掉 "…'s part" 一定比較好。

還有一種古怪的句式也常出現在新聞特寫當中：*from A to B*。其實 *from A to B* 本身沒問題，因此當我發現它是許多糟糕句子的罪魁禍首，感到十分訝異。我在審稿時遇過下面的例子：

Everything from what software will be needed to how someone will book a trip and pay needs to be developed for the business.

這項生意從需要什麼類型的軟體、到如何讓人預

訂行程並且付費，都需要開發。

From donating a few hours weekly to nearby hospitals to participating in breast or ovarian cancer walks to raise research funds, millions of us donate our time and skills to myriad organizations and causes.

從每週貢獻幾小時給附近醫院，到參與「支持乳癌或卵巢癌病友」的健走活動，藉以籌募款項，我們數百萬人為許多團體和理想，貢獻一己的時間與技能。

還有一句是雙倍加料，既有 *in addition to*，又有 *from A to B*：

In addition to being the epicenter of bridal up-dos for those getting married on the expansive lawns, the Alex Remo Salon also caters to stressed-out guests with a comprehensive menu of facials, which range from the Moisturizing Hydration Facial, which utilizes protein, essential oils and active serums to relieve dry and sensitive skin; to the Star Facial, a 75-minute microdermabrasion session that reduces the appearance of scars, fine lines and wrinkles.

除了替那些在廣大草坪上結婚的新人做新娘盤

髮，亞歷克斯·雷莫沙龍也能為滿心緊張的賓客提供各種臉部保養。從採用蛋白質、精油和活性血清，以舒緩乾燥敏感肌的高效保濕，到星級臉部保養，每次七十五分鐘的微晶換膚療程，能減少疤痕、細紋與皺紋的形成。

沒錯，真的有人寫出這種句子，我只改動幾個名字，以保護無辜當事人。（先前我說 *from A to B* 是新聞特寫的常見問題，你本來還不信，對吧？）

因為 *from A to B* 結構可能包含落落長的介紹文字，而主要子句得等到介紹完畢才開始，需要好一段時間。

但不管包含多少字，*from A to B* 構句通常用來修飾。不難明白長達八字、甚至二十字的修飾語的確笨重。

我只能建議你，別太依賴這一類片語句型，一旦發現變成龐然大物，就得準備捨棄。若你的 *from A to B* 裡面包括另一個 from 或 to，如同前面例句中的 *to participating in breast or ovarian cancer walks <u>to</u> raise research funds*，第二個 to 使句子聽來語焉不詳。假如你需要分號才能串起這一句，或許改變句構、重寫一次才是上策。

此外，請記住 *from A to B* 不必加逗號，如 from soup to nuts（從湯品到堅果）。

這個例子很短、一目瞭然，但字數較多時就容易搞混，很可能不小心多打了逗號：

From soup made with the finest ingredients from age-old recipes, to chocolate-covered nuts we hand dip, to the moment when you get the check, you'll love our service.

從遵照古法、用上好食材做的湯品到我們親手蘸滿巧克力的堅果,到你收到帳單那一刻,你會喜愛我們的服務。

前兩個逗號都不該放,要記住 *from A to B to C* 不加逗號,但當你插入的字詞太長,就會一時忘記自己正在用這個片語。當然,這或許表示片語用得不夠好。

倘若作者不肯大膽把話說出來,也可能會出現臃腫的文字:

Hawaiians have adopted a lifestyle that is decidedly more leisurely and tolerant than that of their fellows on the mainland.

夏威夷人採取的生活方式肯定比他們住在本島上的同胞要悠閒、寬容。

我自己的文章也常出現這種問題,但審訂他人的文字很有幫助,我學到一件事:大膽提出主張,能讓文字變得更好。

The Hawaiian lifestyle is leisurely and tolerant.
夏威夷的生活方式既悠閒又寬容。

翻開一份《紐約時報》或《華盛頓郵報》，你會發現許多句子都像後面這一句，但像前一句的句子卻幾乎找不到。這是因為一流的出版人討厭過多的比喻或典故，覺得太拐彎抹角。他們崇尚訊息扎實的寫法，沒半句廢話。我試著記住這一點。

下面這個胖嘟嘟的句子同樣出自專業作家之手：

One of the more remarkable aspects of the park is the
fact that it has eight manicured gardens.
這座公園教人驚豔的面向之一，是它有八個修剪漂亮的花園。

比較一下改寫後的句子：

The park has eight manicured gardens.
這座公園有八個修剪漂亮的花園。

僅有六字的短句卻比十八個字更有力，訊息明確。倘若你有注意到，第一句當中最重要的消息塞進了從屬子句，還用了 *the fact that* 這個片語。

不要低估讀者的智慧。他可以自行決定擁有八個整齊

漂亮的花園是否稱得上 *remarkable*。說它是 "an aspect of the park" 是在浪費讀者時間。就算不加 *in addition to*，讀者一路讀下來，也能夠串連兩個點子。而且他也知道 *the Hawaiian lifestyle is leisurely and tolerant* 是泛論，有辯論空間，不需要加上免責聲明。

換句話說，在我們寫作當下覺得很有意義的插入句，經常只是多此一舉，甚至可能教人難以忍受。只要感到懷疑就拿掉。

贅字有時不易發現。保持警覺是最佳防衛之道。思索一下這句話：

Flu viruses are known to be notoriously unpredictable.
大家都知道，流感病毒是惡名昭彰地難以預料。

我們已經見識過情狀副詞可能變成冗字，但出現在《洛杉磯時報》上的這句話，問題不是出在副詞。

顧名思義，*notoriously* 意指大家都知道，因此 *are known* 是贅詞，但此處副詞的確使出力量，只用一個字就告訴我們流感病毒最為人所知的是什麼，然而此字帶有負面意涵，可視為添加一筆訊息：流感病毒不光是出了名的難以預測，而且很糟糕。我猜想，審稿人只要不趕時間，喝杯咖啡，一定會把 *known to be* 刪掉，變成這樣：

Flu viruses are notoriously unpredictable.
流感病毒是惡名昭彰地難以預料。

隨時留心是否有贅字。多做幾次，揪出贅字的功力會提升。

噢，還得注意連寫句和逗號拚接的問題，但別因文法術語就膽怯。比這個難上許多倍的概念，你都已瞭若指掌。在此鄭重聲明，連寫句無法恰當連接兩個子句：

Elephants are large they eat foliage.
大象很大牠們吃樹葉。

所謂逗號拼接，只是連寫句的一種類型，是指用逗號連接兩個應該各自獨立的子句，或本應以分號或連接詞斷開的子句：

Elephants are large, they eat foliage.
大象很大，牠們吃樹葉。

兩句都很容易改，只要先隔開子句，找個合適的連接詞，或用分號也行：

Elephants are large. They eat foliage.
大象很大。牠們吃樹葉。

Elephants are large; they eat foliage.

大象很大；牠們吃樹葉。

Elephants are large, and they eat foliage.

大象很大，而且牠們吃樹葉。

Elephants are large, because they eat foliage.

大象很大，因為牠們吃樹葉。

　　想消除文字的水腫問題，留意找出口語中常說、但化為書面文字卻顯得不妥的字詞，先思考能不能統統砍掉。倘若不行，至少稍微精簡些：*In addition to the fact that tuition is affordable*（除了不算太貴的學費這件事以外），可以改成 *Also, tuition is affordable*（而且學費不算太貴）。但有些臃腫的插入語不妨全部拿掉，例如 *For his part, as director of the Center for Computer Security, Brady emphasizes training...*（以他來說，身為大學資訊研究所的電腦安全中心主任，布列迪強調訓練……），刪去 *for his part* 完全無損於整句意思。

　　此外，留神是否有句子因拖沓而不清不楚，或一再用類似的字、猶如鬼打牆。請記住，字數變少不是目標，用字經濟才是。

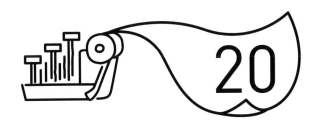

大改造

問題再大的句子也能精簡化

我們在前面幾章討論過幾種簡單方式，可以減去句子的贅肉。但有些句子有結構上的問題，很難一眼認出來，遑論輕鬆解決。幸好你現在已經掌握充分的文法觀念，有辦法解決任何可能毀掉句子的問題。

面對問題句時，先找出主要子句，也就是主詞與（主詞行使的）動詞：

The intimate and discerning depiction of the impact of migration on families left behind by loved ones who travel north emerges as a nuanced portrait of "the other side" of the immigration story.

關於親人去北方，留下來的家人身受遷移影響之細膩又獨到的描繪，是移民故事另一面刻畫入微的寫照。

這是影展中的某部影片的簡介。電影簡介按慣例不得超過兩句，很難寫。但這句話出現在小冊子上，並非給好萊塢某家電影公司的執行長看，所以作者還有改進空間。當然問題是：怎麼改？

　　先標出主詞 *depiction*（*描繪*），動詞 *emerge*（*呈現*），因此本句的核心是：

This depiction emerges.

　　這是個完整句，但是否傳達了完整的想法？有告訴讀者這部電影哪裡好看？完全沒提。顯然我們還需要別的東西。比如 *depiction* 居然未提到具體訊息。再者，*depiction* 一定是關於某件事的描述（*depiction of something*），所以麻煩就從這裡開始：先加上 *of* 此一介係詞片語，主詞才會產生意義。

　　接下來談談 *emerges*。這是不及物動詞，所以無需加受詞，但當然得加上某件事，所以才會加 *as*，當作載具告訴讀者，此處的 *depiction* 所指為何。但 *depiction* 不會從洞裡跑出來，或直接站在鎂光燈下，而是加上 *as* 之後娓娓道來。我們看到 *emerges as*，意思等於 "reveals itself to be"（顯示為……）、"comes to be"（形成了……）、"turns out to be"（結果是……）或 "becomes"（變成……）。也就是說，*emerges as* 是作者用來替代 *is*。沒錯，它比 *is* 有創意，但創意的代價未免太高了。我們的主詞需要介係詞才能產生意

義，同時又用了一個也需要介係詞 *as* 才有意義的動詞。（提醒你，*as* 多半當成連接詞，但在本句是介係詞。為何如此肯定？因為當從屬連接詞時，會帶領整個子句，但介係詞只接受詞，亦即名詞或代名詞，如 *portrait.*）

為求表達意義，我們的主要子句必須擴充成

The depiction <u>of the impact of migration</u> emerges <u>as a nuanced portrait.</u>

Impact 在介係詞片語裡面當受詞，緊接著自身的介係詞片語 *of migration*。但 *impact* 仍需要另一個介係詞片語，因為通常 impact 是對某人或某事造成影響，因此作者的原文是 of the impact of migration on families（移民對家庭造成的影響）。

是什麼樣的家庭？嗯，分詞片語 *left behind* 充當修飾語，回答了這個問題。但此一修飾語又需要介係詞片語 *by loved ones*，而 *loved ones* 是 by 的受詞，算是關係子句 *who travel north* 的修飾語。用來修飾的片語和子句都劃上底線：

This depiction /<u>of the impact</u>/ <u>of migration</u>/ <u>on families</u>/ <u>left behind</u>/ <u>by loved ones</u>/ <u>who travel north</u>

好長一串，但動詞還沒現身呢。

總算動詞出現了，*emerges* 後面需要自己的介係詞片

語：*as a portrait*。除此之外，我們還需要兩個介係詞片語：*of "the other side"* 和 *of the immigration story*：

emerges /as a portrait/ of "the other side"/ of the immigration story

繼這麼多字之後，作者再擠出三個形容詞：*intimate*（貼近的，細膩的）、*discerning*（見解深刻的）與 *nuanced*（細緻入微），前兩個用來形容 *depiction*，最後一個形容 *portrait*。

篩濾掉多餘的渣滓，你發現本句的核心──亦即主要子句的重點──是：

This depiction is a portrait.

說了老半天等於沒說，好像在說這幅畫是一張圖片、這人是一個男人，或這部車是一種車輛。根本就是浪費時間，諷刺的是，竟發生在講求用字經濟的電影簡介裡面。主要子句未包含新資訊，重要事項一股腦兒放入介係詞片語及其他附屬句。

雖說有上述種種問題，作者依然有效地傳達出訊息。我們知道這部電影的主題，甚至感染到一股情緒。但怎麼改才能更棒？

唔，主要子句裡有一個用得不好的名詞，和一個教人頭疼的動詞，想辦法換掉吧。當你發現某個名詞太模糊或

使人困惑，先從最簡單的字開始考慮。問自己，我們在談什麼？*This depiction* 指的是電影，而 emerges 則是指一種存在狀態。簡化之後，得出下面這一句：

This ~~depiction~~ film ~~emerges as~~ is

我仍然不喜歡這個動詞。的確，它是代替 *emerges as* 最簡單的字，但 *is* 本身有種不證自明的況味，似乎在說 *this film is a film*。那麼，有沒有哪一個動詞能使動作更鮮活？有。

This film depicts.（這部電影描述……）

現在主詞變得更具體（雖然較為平凡），動詞充滿行動的意味。若將它置入句子的前半段，句子就變成這樣：

This intimate and discerning film depicts the impact of migration on families left behind by loved ones who travel north.

不過原句後半還在：

a nuanced portrait of "the other side" of the immigration story

這部分剩餘資訊又該如何處理？加上去就好：

This intimate and discerning film depicts the impact of migration on families left behind by loved ones who travel north—a nuanced portrait of "the other side" of the immigration story.

還不賴。但現在這一句的核心變成了

The film depicts the impact <u>and</u> is a portrait.

所以我們仍停留在空洞的說辭上：*this film is a portrait*。我們可以將這一句剖成兩半，賦予 *portrait* 真正的職務：

This intimate and discerning film depicts the impact of migration on families left behind by loved ones who travel north. It is a nuanced portrait of "the other side" of the immigration story.
這部細膩而見解獨到的電影，描述親人北遷對留下來的家庭造成的影響。這是移民故事另一面刻畫入微的寫照。

我們也可以用連接詞 *and*，動詞改成 *forms*，串成獨立的一句：

This intimate and discerning film depicts the impact of migration on families left behind by loved ones who travel north *and forms* a nuanced portrait of "the other side" of the immigration story.

這部細膩而見解獨到的電影，描述親人北遷對留下來的家庭造成的影響，形成移民故事另一面的微妙寫照。

還有一種寫法更棒，乾脆拿掉囉嗦的 *this film forms a portrait*，讓 *portrait* 當主詞：

This intimate, discerning, and nuanced *portrait* of "the other side" of the immigration story depicts the impact of migration on families left behind by loved ones who travel north.

此一細膩、見解獨到而又微妙的另一面移民故事的寫照，描述親人到北方去，對留下來的家庭造成的影響。

看得出我們真的用了許多形容詞來評價這部電影，或許根本不需要形容詞，也能傳達意見。比如說，當然作者覺得 discerning 很重要，但對讀者來說卻是可有可無。假如非得投票淘汰一個不可，我會挑它：

This intimate and nuanced portrait of "the other side" of the immigration story depicts the impact of migration on families left behind by loved ones who travel north.

細膩微妙的移民故事另一面的寫照，描述親人到北方去，對留下來的家庭造成的影響。

甚至可以再扔一個：

This intimate portrait of "the other side" of the immigration story depicts the impact of migration on families left behind by loved ones who travel north.

細膩的移民故事另一面的寫照，描述親人到北方去，對留下來的家庭造成的影響。

我尤其喜歡這個版本：仍然有一堆修飾語——四個介係詞片語和一個關係子句；也留下 *impact on*，但這些卻不再是問題，因為周遭的雜訊已經消音。

這並非唯一的改法。善用文法技巧，你有取之不盡、用之不竭的選擇：

By looking at the families left behind when loved ones travel north, this intimate and discerning film shows the other side of the immigration story.

透過觀察滯留南方的家庭，這部細膩、有獨到見解的電影呈現移民故事的另一個面向。

Film Name Unknown is an intimate portrait of the families whose loved ones move north to find work.
《○○××》細膩描述了親人到北方去找工作，留下來的家庭的情形。

We've all heard the stories of Mexican nationals who travel north to find work. But what about the families they leave behind? The intimate and nuanced *Film Name Unknown* tells their stories.
我們都聽過墨西哥人到北方找工作的故事。但留在故鄉的家人怎麼辦？這部細膩微妙的《○○××》訴說他們的故事。

When Jose left Guatemala to find work in the United States, he did it for his family. Little did he know the ripple effect that his absence would create.
賈許離開瓜地馬拉，去美國找工作，是為了家人。他沒想到因離開而引起的漣漪效應。

有些例句不太行，最後兩句尤其不適合放在影展片單上，缺乏電影簡介的口吻。但這些例子讓我們看到無窮的

可能性，只要我們能探觸句子的核心，思索自己究竟想說什麼。

再來看看另一句：

The United States government's plan to rid banks of lethal assets has precious metals investors speculating that the economy and lending groups may be reviving.
美國政府打算解除銀行有毒資產，促使貴金屬投資客推測經濟和貸款單位可能就要復甦。

此處主詞是 *plan*，動詞是 *has*，承受動詞的受詞是 *investors*，後面跟著修飾語 speculating。回想一下，第十章提過分詞可以當修飾語。

任何句子建立在 has+ 名詞或代名詞 + 現在分詞的基礎上，將動作變成分詞片語或子句：*The plan has them speculating*。為使 *speculating* 變成真正的動作，你得重新安排整個句子：

Since the government announced plans to rid banks of lethal assets, precious metals investors *are speculating* that the economy and lending groups may be reviving.
自從美國政府宣佈解除銀行有毒資產的計畫，貴金屬投資客開始推測經濟和貸款單位可能將復甦。

The government plans to rid banks of lethal assets. So precious metals investors *are speculating* that the economy and lending groups may be reviving.

美國政府打算解除銀行有毒資產，因此貴金屬投資客開始推測經濟和貸款單位可能將復甦。

Precious metals investor are speculating that the economy and lending groups may be reviving. Why? Because the government plans to rid banks of lethal assets.

貴金屬投資客開始推測經濟和貸款單位可能將復甦。為什麼？因為政府打算解除銀行有毒資產。

　　上述每個例句的 *speculating* 都是動作，並非修飾語。在最早的例句中，*plan* 是名詞，但到了最後兩句，我們把它變成動詞 *plans*，又多創造一個動作。

　　我先前編輯過一篇文章，我模仿其筆法，寫成下面這一段：

Sky diving. Rock climbing. River rafting. Guess which one is the odd man out in the emerging world of new vacation choices for an aging population that, increasingly, is more active and healthy and less willing to follow their parents' footsteps when it comes to choosing how to live out their golden years. The answer: They all belong in the mix, according to gerontology experts.

跳傘。攀岩。溯溪。猜猜逐漸老化的人口，會選中哪一個當度假目的地。顯然現今老年人越來越活躍健康，在度過黃金晚年一事上，不太願意追隨上一代的腳步。答案是：根據老年病學專家的說法，它們都屬於同一掛。

第四句（*Guess which one...*）的問題特別嚴重，太擁擠了，但最糟的還不是這個。整個句子根基不穩，要讀者去猜上述幾項活動中，何者才是首選。讀者接下這項挑戰，有什麼獎賞？最後他發現沒有首選，所有活動都屬於同一掛。就好像芝麻街的餅乾怪獸，站在許多盤一模一樣的餅乾前面，不停唱著「跟其他東西不一樣的東西」。

必須把上面這一點拿掉。我修訂後變成這樣：

Skydiving. Rock climbing. River rafting. They're not exactly hallmarks of senior recreation. But a new generation of seniors is changing that. Healthier and more adventurous than the generations of retirees before them, today's seniors are making some surprising choices about how to spend their golden years.

跳傘。攀岩。溯溪。它們並非老年娛樂的特色。但這一代的高齡長者正在改變潮流。比起前一代的退休人口更健康也更富於冒險精神，今天的高齡長者在度過黃金晚年的方式上，做出令人驚訝的決定。

還有另一個問題句。它用子句代替名詞片語，另一個子句當作修飾語：

That you work so hard is the reason that you're getting a raise.
你這麼認真工作是你獲得加薪的原因。

修正方式是讓動作自己說話：

You work hard. So you're getting a raise.
你工作賣力，所以獲得加薪。

來做個練習，找出下面這一句的問題：

Working in both the feature film and television worlds, Radoff Entertainment develops material for both the big and small screens.
羅德夫娛樂公司跨足劇情片與電視界，同時為大

螢幕及小螢幕沖片。

　　你一定想不到我有多常看到這種句子。我在審稿時看到類似的句子，稍加改動。子句是多餘的，注意我把這句話削去一半，效果好得多：

Radoff Entertainment develops feature films and television programs.
羅德夫娛樂公司為劇情片和電視節目沖片。

　　你應該知道如何讓下面這句變得更好：

Another activity at the Family Fun Center is the opportunity for kids to create a journal.
家庭娛樂中心的另一項活動，是讓小孩寫日記。

　　用 A is B 結構當主要子句，基本上就是 an activity is an opportunity 的意思。若改以主要動詞傳達行動，句子會更好：

Kids at the Family Fun Center can also create a journal.
小孩也可以在家庭娛樂中心寫日記。

　　既然你已經能夠改好這一句，現在來看長一點的段

落。下面這篇是某位業餘作家未發表的故事，我只改動了一點點。讀的時候，仔細搜尋應該剔除的字、片語，甚至整個句子：

I have done something everyone knows you shouldn't do—that being I fell for a @!#$ friend.

Slowly over a period of just a few weeks I fell in love with him. I couldn't help myself even though I had known that it was a stupid thing to do and that such actions always have consequences. Now it appears I have just two choices. The first option is the most logical one; I should dump him and sever all contact before I fall even more deeply in love with him. The second option is to try to make a relationship that is serious and exclusive, but I have a feeling that that won't pan out. We're two different people. So of course I have selected none of these choices and simply continue sleeping with him.

Slowly turning the knob on a Sunday morning, I opened the door to Joe's apartment and peered inside. Joe was seated at his desk with a paintbrush in hand and he dabbed at a paint palette lying on a wooden chair beside him.

我做了每個人都知道你不該做的事——我愛上了一

個朋友。

我在幾個禮拜之間，慢慢地愛上他。我控制不了自己，即使我知道這是一件蠢事，這種行為總是有後果。現在看起來我只有兩種選擇。第一種選擇最合乎邏輯，我應該在深深愛上他之前，甩掉他，斷絕一切聯繫。第二種選擇是試著經營一段認真的一對一關係，但我有感覺不會發展成功的。我們是不同的人，所以當然我決定兩個選擇都不選，只是繼續跟他上床。

某個星期日早晨，我慢慢轉動門把，打開喬的公寓大門，往裡頭瞧。喬坐在書桌前，一手拿著畫筆去蘸調色盤，調色盤放在旁邊的木椅上。

無疑地，作者認為每一個字都屬必要。但他錯了。這一段有許多毫無必要、不必說也知道的說法、虛胖的文字，以及浪費空間的贅詞。若由我來校正，我會這麼改：

I ~~have done something everyone knows you shouldn't do—that being~~ did something stupid. I fell for a ~~@!#$~~ friend.

~~Slowly over a period of just a few weeks I fell in love with him.~~ I couldn't help myself. ~~even though I had known that it was a stupid thing to do and that such actions always have consequences. Now it appears I~~

~~have just two choices. The first option is the most~~ ~~logical one;~~ I suppose I should dump ~~him~~ Joe ~~and sever~~ ~~all contact~~ before I fall even more deeply in love ~~with~~ ~~him.~~ ~~The second option is to~~ Or I could try to make it a serious relationship ~~that is serious and exclusive~~, but I have a feeling that that wo~~uld~~n't pan out. ~~We're two~~ ~~different people.~~ So ~~of course~~ I ~~have selected none of~~ ~~these choices and simply~~ just continue sleeping with him.

~~Slowly turning the knob o~~On a Sunday morning, I opened the door to Joe's apartment ~~and peered inside~~. Joe was seated at his desk ~~with a~~ dabbing a paintbrush ~~in hand and he dabbed~~ at a ~~paint~~ palette ~~lying~~ on a wooden chair beside him.

我做了一件蠢事。我愛上一個朋友。

我克制不住自己。我想我應該在深深愛上之前甩了他。或者，我也可以試著經營一段認真的關係，但我有種感覺不會發展成功的。所以我只是繼續跟他上床。

某個星期日早上，我打開喬的公寓大門。喬坐在書桌前，用畫筆蘸調色盤，調色盤放在旁邊的木椅上。

現在逐一討論修正的部分：

I ~~have done something everyone knows you shouldn't do—that being~~ <u>did</u> something stupid. I fell for a ~~@!#$~~ friend.

第一句太嘮叨。尤其是 *that being* 一詞軟綿綿，很不專業。所以我砍掉它，改用 *stupid*。也許 *stupid* 不是作者意欲表達的意思，但無論用 *stupid*（愚笨的）、*wrong*（錯誤的）、*moronic*（白癡的）、*unwise*（不智的）、*shortsighted*（短視的）、*childish*（幼稚的）都好，一定可以找出一個字表達意思，而且整句不會超出六個字。

原文裡面，「@!#$」出現在名詞之前，很不妥。首先，若你想咀咒罵人，你已經罵了。但更重要的是，任何用來咒罵的字眼，不論是真的用髒字或改用這種糖衣般的符號，都會削弱資訊的力量。*I fell for a friend* 本身就很有力量。作者企圖添加一些趣味，反而弱化了主張。

I couldn't help myself<u>.</u> ~~even though I had known that it was a stupid thing to do and that such actions always have consequences.~~

「我克制不住自己」表示說話者內心的糾結。其餘的話只是讓清楚明白的事實變得模糊罷了。

~~Now it appears I have just two choices. The first option is the most logical one;~~

當你想說有兩種選擇時，沒必要先插入一句話，**挑明了說**你將要提出兩個選項。此外，在作者表明有兩種選擇後，還先用一整句評估第一個選項（logical）。任何時候發現自己被這麼多字淹沒，先問自己：不可以全砍掉嗎？答案通常是：可以。

~~I suppose~~ I should dump ~~him~~ Joe ~~and sever all contact~~ before I fall even more deeply in love ~~with him~~.

I should dump him 本身講得夠清楚，表示她有選擇，而且深信這項抉擇是最好的。前面兩句根本無用，只會傷害這段文字。

至於 *I should dump him and sever all contact*（*我應該甩掉他，而且斷絕所有聯絡。*），那麼為什麼不說 *"dump him and sever all contact and change your phone number and avoid eye contact with anyone who has his hair color and burn every photo you have of him and tell him his mama's a tramp and try to get on with your life and call that cute barista at your local Starbucks?"*（*甩掉他，而且斷絕所有聯絡，而且換電話號碼，而且避免跟和他髮色一樣的人有眼神接觸，而且燒掉手上所有他的相片，而且告訴他他媽是個婊子，而且試著*

繼續過自己的生活，而且打電話給附近星巴克的帥店員。)
換句話說，真有必要說 dump him and <u>sever all contact</u>？難道 *dumping* 這個動作不足以涵蓋一切相關行為？也許不盡然，但也差不多了。

> ~~The second option is to~~<u>Or I could</u> try to make <u>it a serious</u> relationship ~~that is serious and exclusive~~, but I have a feeling that that wou<u>ld</u>n't pan out.

此處只需要說 *a serious relationship*，或 *an exclusive relationship*，一個就夠了。就連 *a serious, exclusive relationship* 也比 *a relationship that is serious and exclusive* 來得好。

> ~~We're two different people.~~

這一句不但囉嗦，而且毫無意義。隨便指兩個人給我看，我會讓你知道天底下沒有兩個相同的人。但就算作者找到較有邏輯的陳述方式，比如說 *we're too different*（*我們差別太大*），又產生別的問題。假如這篇文章的主角覺得這段關係的希望渺茫，之所以這麼想一定有她的理由。不論說他們是兩個不同的人、或兩人差別太大，都彷彿在嘲弄。寧可不交代理由，也別說得不清不楚、甚至講出「我們是不同的人」這種誰都知道的話，浪費讀者時間。
　　另一方面，作者搞不好會說：「我們真的很不一樣。我

吃佐以鵝肝的小牛肉，而他是保護青豆聯盟的一員。」

　　重點是，要不就把話講清楚，要不就別解釋。但不要只說半截話。

So ~~of course~~ I ~~have selected none of these choices and simply~~ just continue sleeping with him.

　　這句話也有很多贅詞。繼續跟某人上床的意思就表示她既不想甩掉他，也不想讓關係定下來。

~~Slowly turning the knob o~~On a Sunday morning, I opened the door to Joe's apartment ~~and peered inside~~.

　　這一句依然是站在讀者的立場。大家都曉得怎麼開門，難道有誰不會轉動門把嗎？**除非**她開門這個動作很重要、有趣或深具娛樂效果，否則不必提細節。你還可以繼續刪，只要說：*On a Sunday morning, I walked into Joe's apartment to find him sitting at his desk.（某個星期天早上，我走進喬的公寓，發現他坐在書桌前。）*其實，走進公寓的動作根本無關緊要，不妨改成：*On a Sunday morning, Joe was seated at his desk.（某個星期天早上，喬坐在書桌前。）*決定權在你，千萬別以為故事的每一道細節都至關緊要。並非如此。

Joe was seated at his desk ~~with a~~ dabbing a paintbrush ~~in hand and he dabbed~~ at a ~~paint~~ palette ~~lying~~ on a wooden chair beside him.

　　當你描寫某人拿畫筆蘸調色板上的顏色，真有必要說明他手中握著畫筆？一百次中有九十九次，沒這必要。

　　不消說，上面所言並非金科玉律，技巧卓越的作者就算違反規則，也能寫出有力又優雅的文字。但新手作者需要了解這些概念，用字灌水、重複冗贅，或針對顯而易見的事實多做解釋，是新手與真正寫手的不同。養成習慣，隨時留意文字當中有無造成虛胖的東西，試著削減、甚至砍掉問題句，整篇文章必將因此增色。

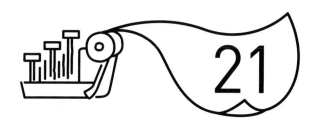

論打破「規則」
知道何時能將規範束之高閣

　　打破規則是本書中不斷出現的主題，或許你早已注意到。從副詞那一章、到絮絮談論括弧，從伊恩‧麥克尤恩的長句，到戈馬克‧麥卡錫的超長句，在在證明寫作規則是用來打破的。嚴格說起來，它們並非規則，而是剛學走路時邁出的小步伐，之後才會走路、跑步、跳吉特巴舞。當我們連馬步都站不好，它們是一大助力；但當我們展翅高翔，便不再需要擔心規則問題了。

　　關於寫作規則，言人人殊。一位老師告訴你：「刪掉不需要的字。」另一位卻說這話沒道理，還舉出幾位頂尖作家的例子，其作品充滿了「不需要的字」。一個同儕對你說：「別用副詞。」就會有另一個同儕持相反意見，表示有不少極好的作家大量使用情狀副詞。有人告訴你盡量用短句，避開被動語態，就會有另一個人說長句也可以寫得好，有些情況最適合用被動句。

不必捲進這類紛爭，只要了解雙方各有其道理。你聽到的每一種「規則」，都是根植於某一個好想法，至少會運用在某些方面。然而任何一種規則都不能視為絕對，否則便失去了價值。「避免用情狀副詞」對某些人來說是很有用的提醒，也是所有人寫作時該注意的面向，即使未必贊同。但它絕非定律。此外，經驗尚淺的作者容易寫出笨重不靈活的句子，因此寫作專家開出「句子要短」的藥方，但顯然並非放諸四海皆準。

　　任何一種規則只能算是指導方針，幫助你寫出貼近讀者的文字，但也可能恰好相反。若覺得有幫助，就採納；若覺得沒用，根本無需理會。和你意見相同的大有人在。

　　但請記住，當你困惑時，總有指導方針可以依賴；不要把它們想成規則，而是保護你的港灣。一旦發現長句不太順，把它斷成幾個短句；若覺得太多副詞讓句子變得無味，把它們踢開。

　　你不必被副詞綁住，但你得為各種期望負責。視乎出版商、主題、文章類型、脈絡，以及標題的不同，不同的讀者可能有不同的解讀方式。讀者也會有偏見，其意見比起力竭聲嘶地鼓吹別用分號的人，更加重要。某人讀新人作家尚未發表的稿子或小報上的文章，一發現句子太長就說寫得真爛，但若是書皮上印著大作家菲利普‧羅斯的名字，他會說這一句寫得太妙了。

　　也許並不公平，也許有其道理。或許讀者希望我們先證明自己有值得尊敬的實力，才願意給我們優容寬待，不

急著定我們的罪。或許抽象畫家也面臨同樣處境——得先證明他們有辦法畫好一碗葡萄，觀眾才願意讚美他們很會畫抽象形狀或飛濺圖案。搞不好大家都一樣，從股票經紀人、設計師，乃至學者，不論是誰都得面對這種事。

若讀者有偏見，那也是我們身處的寫作世界，必須想出得以通行的辦法。我們無法時時刻刻都討好每一個讀者，也不該這麼做。但我們同樣不應依自己的形象，創造讀者的模樣；也不能告訴他們應當重視或喜愛什麼。我們只能用自己的聲音寫作，寫出內心對美與世間萬物的看法，希望有些讀者懂得欣賞。但即使我們只打算寫給寥寥幾位讀者看，仍須為了他們好好寫。我們應當感謝有人願意讀。

謝謝你聽我說完。

專業作者必須了解的文法

　　要了解文法，得先弄懂詞類，明白片語和子句如何組成句子。常聽人說不能用 *healthy* 表示 *healthful*，前者是健康的，後者是有益於健康的意思，而 "Can I be excused?" 不能替代 "May I be excused?"，諸如此類。但這些不是文法，只能算「用法」，而且大多是騙人。進一步說，所有令人頭痛的說法，像是該寫出英文字（*Twelve*）或以數字表示（*12*）；*and* 前面該不該加逗號等等，叫做「格式」。沒人天生知道用法或格式。你得像最嫻熟的編輯一樣，逐一細查。

　　要解決用法的問題，手邊放一本值得信賴的字典，如新出的《美國傳統詞典》（*American Heritage*）、《韋伯新世界字典》（*Webster's New World*）或《韋氏大學字典》（*Merriam-Webster's Collegiate*），再加上一本編得好的用法指南，如《賈納現代美國用法》（*Garner's Modern American Usage*）或《福勒現代英語用法》（*Fowler's Modern English*

Usage），一遇到問題就查。至於格式，寫書或為雜誌撰稿的作家都該有一本《芝加哥論文格式》(*The Chicago Manual of Style*)，記者和公共關係專業人士得有一本《美聯社寫作風格指南》(*The Associated Press Stylebook*)。其他組織，例如現代語言協會、美國醫學協會、美國心理學會，也都有自己的風格指南。教授或雇主通常會告訴你需要依循上述哪一本格式或指南。

用法或格式是小事，硬要吹毛求疵的話不妨查一下。但真正對寫作有幫助的是有系統、能分析、我們稱之為「文法」的東西。本書探觸了文法諸多面向，現在輪到文法的具體形式。

文法初學者大多先從「詞類」入門，再來是片語和子句，最後才是句子的組成。但因為本書重點在於造句，因此順序倒過來，先看句子的組成，再討論片語和子句結構，最後才是詞類，包括名詞單複數、動詞變化等。

至少稍微瀏覽一遍，日後若想更了解造句的技巧，再回頭翻查。

句子的組成

只包含一個子句的簡單句，有五大基本句型。除了五種句構，還可以添加狀語。五種基本句型見下表。

句型	例句
主詞 + 動詞	Phil knows.（菲爾知道。）
主詞 + 及物動詞 + 直接受詞	Spiders trap flies.（蜘蛛捕蒼蠅。）
主詞 + 及物動詞 + 間接受詞 + 直接受詞	Sean gave Tim money.（尚給提姆錢。）
主詞 + 連綴動詞 + 補語	Soda is sweet.（碳酸飲料是甜的。）
主詞 + 及物動詞 + 直接受詞 + 受詞補語	The voters elected Jones mayor.（選民選瓊斯當市長。）

　　間接受詞本質上屬於介係詞片語，置於直接受詞之前，而且因為換了位置，捨棄原先的介係詞：

Robbie made spaghetti for his mother.

（His mother 是介係詞 for 的受詞）

Robbie made his mother spaghetti.

（His mother 是間接受詞，置於直接受詞 spaghetti 之前，從而省略了介係詞 for）

羅比做了義大利麵給媽媽吃。

Jake sends love letters to Mary.

（Mary 是介係詞 to 的受詞）

Jake sends Mary love letters.

（Mary 是間接受詞，置於直接受詞 love letters 之前，省略了介係詞 to）

傑克寄情書給瑪莉。

連綴動詞之後的補語，與及物動詞的受詞不同。受詞接受動詞（所指示的動作），但銜接連綴動詞的補語卻用來指涉主詞：

Anna seems nice.
安娜看起來人不錯。
Boys become men.
男孩最後成為男人。
Coffee smells good.
咖啡聞起來香。

及物動詞所加的受詞可以有自己的修飾補語，叫做受詞補語。受詞補語可能是形容詞片語或名詞片語，描述受詞，或說明其目前變成的狀態：

Spinach makes Pete strong.
（形容詞 strong 是受詞 Pete 的補語）
菠菜讓彼得強壯。
Spinach makes Pete a man.
（名詞片語 a man 是受詞 Pete 的補語）
菠菜讓彼得成為男人。

包含超過一個獨立子句的句子是並列句，並列句中的子句使用對等連接詞來連接，如此一來，串接的子句有同

等的文法地位。

　　包含至少一個從屬子句的句子叫做複合句。試舉兩例：

Birds make nests and they sing.

（為並列句，包含兩個連接詞串接起來的子句，具有同等的文法地位）

鳥兒築巢，而且唱歌。

Because Andy is hungry, he eats.

（為複合句，包含一個從屬子句及一個主要子句）

因為安迪餓了，他吃東西。

　　主詞與受詞可以是片語，也可以是一整個子句：

The dog sees that you are scared.

（主詞是名詞片語 the dog，承受動詞 sees 的受詞則是從屬子句 that you are scared.）

這隻狗看出你很害怕。

To know him is to love him.

（To know 是不定詞子句，此處當作承接動詞 is 的主詞；To love 也是不定詞子句，為動詞 is 的補語）

要了解他就要愛他。

狀語（Adverbials）

其他句子的成分稱為狀語，可以添加到基本句構。舉凡副詞、介係詞片語、子句或名詞片語都可以充當狀語。雖然狀語可能包含重要資訊，但狀語不屬於句子的核心結構，如主詞、動詞、受詞、補語。

舉個例子：*The van followed Harry to the park.*（*這輛客貨車尾隨哈瑞到公園*），若移除狀語（介係詞片語 *to the park*），留下來的句子仍合乎文法：*The van followed Harry.* 如同副詞，狀語可以回答何時、何處、情況或程度的問題，也可以修飾整個句子。狀語也可以如形容詞一樣修飾名詞。下面幾句說明狀語的用法：

The van followed Harry to the park.

（介係詞片語 to the park 回答「何處」的問題）

這輛客貨車尾隨哈瑞到公園。

The van followed Harry this afternoon.

（名詞片語回答「何時」的問題）

這輛客貨車今天下午尾隨哈瑞。

In addition, the van followed Harry.

（介係詞片語將句子與前一句連接）

此外，這輛客貨車尾隨哈瑞。

The van discreetly followed Harry.

（副詞修飾動詞 followed）

這輛客貨車小心翼翼地尾隨哈瑞。

The van followed Harry <u>where he walked</u>.

（整個子句回答「何處」的問題）

這輛客貨車尾隨哈瑞到他散步的地方。

否定

句子只有肯定與否定兩種，在執行動作者後面插入 *not*，但經常需要另加 *do* 型態的助動詞（稱之為假執行助動詞），變成否定。

The peaches are ripe.（肯定）

這些桃子熟了。

The peaches are not ripe.（否定）

這些桃子還沒熟。

William has worked hard.（肯定）

威廉認真工作。

William has not worked hard.

（否定。並非跟隨助動詞，而是在過去分詞 worked 之前插入）

威廉工作不認真。

Your daughterts go to college.（肯定）

你的幾個女兒上大學。

Your daughterts do not go to college.

（否定。並非跟隨助動詞 do）

你的幾個女兒沒上大學。

問題

陳述句可以轉成疑問句，只需將主詞與動作執行者（動詞片語的第一個字）或假執行助動詞 do 的位置互換：

Dolphins are clever.（陳述）

海豚很聰明。

Are dolphins clever?（倒過來變成詰問）

海豚聰明嗎？

Storytelling has been part of our culture for centuries.

（陳述）

幾世紀以來，說故事是我們文化的一部分。

Has storytelling been part of our culture for centuries?

（倒過來變成詰問）

幾世紀以來，說故事是我們文化的一部分嗎？

You like cake.

（陳述。也可以加上假執行助動詞，變成 You do like cake.）

你喜歡蛋糕。

Do you like cake?
（透過假執行助動詞，形成詰問語氣）
你喜歡蛋糕嗎？

口語英文只需要改變抑揚語調，就變成疑問句。倘付諸文字，可以在肯定句句尾加上問號，如 *That's what you're wearing?*（你就穿這個嗎？）、*You'll be there on time?*（你會準時到吧？）

基本句型的變化

基本句型可以做出許多變化，包括不完整句（sentences fragments）、分裂句（cleft sentences）、存在句（existential sentences），以及其他句中元素有變動的句構。這些變化打亂句子的常規及次序，不妨把它們想成任你驅遣、發揮創意的利器。

顧名思義，不完整句是不完整的句子：

That's what he wanted. Money.
他要的就是這個。錢。

無論是文學或非文學，尤其在非正式語境中，不完整句如 *Money* 絕對是可以接受的。

分裂句採用 *it is/was*+ 關係代名詞（*that, who* 等等）來加強語氣。變化方式如下：

Leo saved the day.

里歐反敗為勝。

It was Leo who saved the day.

反敗為勝的人是里歐。

存在句是以 *there is/ there are* 開頭的句子，以強調某項事實：

Aliens are in the building.

外星人在這棟建築裡。

There are aliens in the building.

這棟建築裡有外星人。

其他變化包括：

★ 左側移位：把主詞移到左邊，原本位置再放上一個代名詞，如 Cars, they're not what they used to be.（汽車，它們早就和以往大不相同）。

★ 右側移位：主詞被推到右邊，由代名詞替主詞行使動作，帶領整句。如 They have a lot of meney, Carol and Bill.（他們很有錢，卡羅和比爾）。

★ 其他字句重新安排的變化形，譬如將介係詞挪到句首：

To the mall we will go.（我們將要去商場）。

片語

片語由一個以上的字所組成，可分成名詞、動詞、副詞、形容詞或介係詞等片語。片語當中可再包含其他片語：

Many dogs regularly enjoy the public park on Sundays.
許多狗固定在週日時去公園玩耍。

many dogs（名詞片語）
regularly（副詞片語）
enjoy（動詞片語）
the public park（名詞片語）
public（名詞片語當中的形容詞片語）
on Sundays（介係詞片語）

子句

子句是一個單位，通常包括一個主詞與一個動詞。子句本身可以是一個完整句：

Jeeves slept.
基夫睡覺。

不定詞和分詞子句（或分詞片語）也被認定是子句，

即使它們並未包含明確的主詞：

Parry never learned <u>to dance</u>.
派瑞從未學會跳舞。
Ben mastered <u>fencing</u>.
班很會搭籬笆。

子句據說分成限定與非限定，限定子句包括變化動詞，表示時間；非限定子句的動詞並未說明動作發生的時刻。不定詞子句如上例的 *to dance*，是「非限定」。

詞類

許多字不止屬於一種詞類。

名詞
一個名詞可能指人、地方或事物，包括無形的東西，如 *thrift*（節省）、*wrongness*（不正當）。
名詞或名詞片語可以是：

★ 主詞：<u>Milk</u> is delicious.
（牛奶美味）
★ 動詞的受詞：I drink <u>milk</u>.
（我喝牛奶）

★ 介係詞的受詞：I serve cookies with <u>milk</u>.
（我用牛奶佐餅乾）

★ 修飾語：Fill that <u>milk</u> bucket.
（裝滿那個牛奶桶）

★ 當主詞的謂語：This substance is <u>milk</u>.
（這種東西是牛奶）

★ 當受詞的謂語：I call this substance <u>milk</u>.
（這種東西我叫它牛奶）

主詞執行動詞的動作。

主詞謂語是連綴動詞的補語，通常是 *to be*。

受詞謂語是及物動詞受詞的補語。受詞謂語可以是名詞，如 *The sheriff made him <u>a deputy</u>*（警長要他當職務代理人），也可以是形容詞，如 *The sheriff made him <u>angry</u>*（警長讓他生氣）。

大部分名詞複數要加 *s*，如 *buildings*（不止一棟樓房）、*papers*（不止一篇論文）、*ideas*（不止一個想法）。若名詞字尾是 *y*，則去 *y*，加 *ies*。若名詞字尾是 *s*，則複數時要加 *es*，如 *bosses*。至於不規則複數形，如 *children*（孩童）、*men*（男人）、*deer*（鹿）、*data*（資料）等等，不確定就查字典。

名詞所有格的構成方式如下：

★ 不是 s 結尾的單複數名詞：加上撇號和一個 s，如 The

cat's tail（貓的尾巴）、The children's mom（孩子的母親）。

★ 複數名詞以 s 結尾：只需加一撇，如 The dogs' tails（這群狗的尾巴）、The kids' dad（這群孩子的父親）。

★ 單數名詞（一般名詞與專有名詞）以 s 結尾：各種寫作格式書說法不一，有的說要加撇號和一個 s，有的說加一撇就好。依《芝加哥論文格式》，應寫成 Charles's hat；依照《美聯社寫作風格指南》，是 Charles' hat。此外，寫作格式書包括了許多例外和特例。找一本編得好的格式書當參考，或選定任一種寫法，一以貫之。上述兩種是基本寫法，普遍都能接受。

代名詞

代名詞是代替名詞的小字，由不同類型組成：

★ 人稱代名詞，主格：I, you, he, she, it, we, they（我、你、他、她、它、我們、他們／她們）

★ 人稱代名詞，受格：me, you, him, her, it, us, them（我、你、他、她、它、我們、他們／她們）

★ 不定代名詞：anybody, somebody, anything, everything, none, neither, anyone, someone, each, nothing, both, few（任何人、某人、任何事、每件事、沒有一人、沒有一人、任何人、某人、每一個人、沒有一件事、兩者，少數）

★ 所有格代名詞：mine, yours, his, hers, its, ours, theirs（我的、你的／你們的、他的、她的、它的、我們的、他／她們的）所有物

★ 關係代名詞：that, which, who, whom（前兩者指事物，後兩者指人）

★ 疑問代名詞：what, which, who, whom, whose, whatever, whichever, whoever, whomever, whosever

★ 指示代名詞：this, that, these, those

★ 反身代名詞：myself, yourself, yourselves, himself, herself, itself, ourselves, themselves（這些字反指主詞，如 He saw himself in the mirror. 他看見鏡中的自己；亦可用來強調，如 I, myself, don't like the tropics. 我本身不喜歡熱帶。）

★ 其他代名詞：表示存在的 there，或 it 的某幾種用法，用來替代前面名詞的 one。

　　表示存在的 *there* 用來強調新訊息，移到句中的主詞位置。原本放在主詞位置的名詞片語叫做名義上的主詞，如 *Clowns were juggling.*（小丑在玩雜耍），*There were clowns juggling.*（有小丑在玩雜耍），此處表存在的 *there* 是文法上的主詞，*clowns* 是名義上的主詞。

　　It 具有好幾種功能，可用來平衡原本該以子句開頭的句子，如 *That you got a job is good news.*（你找到工作是好消息），改寫成 *It is good news that you got a job.* 有時候稱為

「先行詞」。此外可指稱前一個句子或想法，如 *Leo is going back to school. It's the right choice for him.*（里歐要回學校讀書。對他來說，這是正確的決定。）或者用來創造分裂句，以強調句子的某個部分：*It is the storm that caused the power outage.*（造成停電的原因是暴風雨），而非 *The storm caused the power outage.*（暴風雨造成了停電）。或者用來指代句中的主詞或受詞，尤其是指涉天氣狀態或時間早晚：*It is noon.*（現在是中午）、*It is raining.*（正在下雨）。

正式寫作時，*one* 代替非特定的某個名詞或代名詞，如 *One can visit the gift shop.*（不妨去禮品店逛逛）；但非正式語境較常用 *you*，如 *You should check with your doctor.*（你應該跟醫生確認）。

限定詞

限定詞帶領名詞片語，釐清特性、數量、為誰所有的資訊，或加以指定：

★ 所有格限定詞：my, your, his, her, its, our, their（我的、你的／你們的、他的、她的、它的、我們的、他／她們的）
★ 冠詞：a, an（不定冠詞）；the（定冠詞）
★ 指示代名詞：this, that, these, those
★ wh- 限定詞：which, what, whose, whatever, whichever 等等

★ 量詞和數字：all, both, few, many, several, some, every, each, any, no, one, five, seventy-two 等等。

　　許多限定詞也是代名詞。大部分所有格限定詞與其對應的所有格代名詞長得很像，如 *her* 是所有格限定詞，而 *hers* 是所有格代名詞。至於所有格限定詞 *his* 與 *its*，其所有格代名詞也是一樣，視其在句中的功能決定詞類，如 *The red Toyota is his car.*（這部紅色豐田是他的車），*his* 算是限定詞，引介名詞片語 *car*。*The red Toyota is his.*（這部紅色豐田是他的），*his* 是代名詞，因其功能是名詞片語。再舉一例：*The company made this pen.*（這家公司製造這枝筆），*this* 是限定詞；但若說 *The company made this.*（這家公司製造這個），*this* 是代名詞，因它代替名詞片語。

動詞

　　動詞傳達動作以及存在的狀態。從四種類型去思考：

★ 不及物動詞：後面不加受詞。Jeremy talks.
　（傑洛米說話）
★ 及物動詞：直接加受詞。Jeremy enjoys TV.
　（傑洛米愛看電視）
★ 連綴動詞：指主詞本身。Jeremy is nice.
　（傑洛米為人不錯）
★ 助動詞：顧名思義，協助形成過去或現在分詞，通常以

have, be, do 的形態出現。如 Jeremy <u>has</u> eaten dinner.
（傑洛米已經吃晚餐），或 Jeremy is resting.
（傑洛米正在休息）

★ 情態助動詞：這是很特別的一組助動詞，包括 can, may, might, could, must, should, will, shall, ought to, would 等等。情態助動詞表述事實，如 It <u>might</u> rain. 亦可表示人的能力或同意與否，如 You <u>may</u> be excused.
（你可以先離開）。

　　許多動詞同時具備及物和不及物功能，如 *Jeremy <u>knows</u>.*（*傑洛米知道*）（不及物），*Jeremy <u>knows</u> math.*（*傑洛米懂數學*）（及物）；*Stephanie <u>walks</u>.*（*史蒂芬妮走路*）（不及物），*Stephanie walks the dog.*（*史蒂芬妮遛狗*）（及物）。

　　連綴動詞表存在、外觀或感官，例如 *be, appear, act, seem, smell, taste, feel, sound*。但及物動詞後面接的是受詞：*Dan eats <u>cheese</u>.*（*丹吃起司*），而連綴動詞接的是補語，如 *Dan seems <u>dishonest</u>.*（*丹看起來不誠實*）。及物或不及物動詞都可以加副詞，如 *Nancy works <u>happily</u>.*（*南西快樂地工作*），但連綴動詞後接形容詞：*Nancy is <u>happy</u>.*（*南西覺得快樂*）。有些動詞具有連綴與非連綴形式，視其在句中的意義。如 *Neil <u>acts</u> badly.*（*尼爾演得很糟*），此處不是連綴動詞，但 *Neil <u>acts</u> bad.*（*尼爾的所作所為很壞*），此處是連綴，意思是他表現得像個壞人。再舉一例：*Fido <u>smells</u> meat.*（*斐多嗅了嗅肉*），*smells* 是及物，後接受詞 *meat*。但 *Fido* *smells* terrible.（斐多聞起來很臭），*smells* 是連綴動詞，其補語 *terrible* 反指主詞自身。常聽人說 *I feel bad*，動詞 *feel* 是連綴動詞，所以後面不接副詞，而是接形容詞當補語。

動狀詞屬於其他動詞形態，包括：

★ 動名詞──-ing 形態的動詞，當成名詞：Dancing is good exercise.

（跳舞是好運動）

★ 分詞──通常呈現 -ing, -ed, -en 形態。若分詞當作修飾語，而非動詞的一部分，便算是動狀詞，如 A man covered with bee stings came into the hospital.

（全身被蜜蜂螫的男人進了醫院）；A child skipping to school is probably happy.

（蹦跳著去上學的小孩大概很快樂）。

★ 不定詞──由 to 帶領的動詞形式稱之為不定詞：to run, to know, to become。不定詞可當主詞，如 To know him is to love him（要了解他就要愛他）。但普遍認為不定詞亦可當形容詞，以修飾名詞，如 There are many ways to travel（旅遊方式有許多種）；或者當副詞，以修飾形容詞，如 I am happy to help.

（我很高興幫忙）。

動詞可以從時式、時態、語氣、情態及語態等方面來討論。

「時式」表示發生於現在、過去或未來。

英文的現在式動詞變化很簡單，大部分只需加上第三人稱單數即可：

I walk（第一人稱單數）

You walk（第二人稱單數）

He/ she/ it walks（第三人稱單數）

We walk（第一人稱複數）

They walk（第三人稱複數）

絕大部分僅需加上 s，就變成第三人稱單數現在式。有些字是加 es，如 I go, you go, he goes./ I pass, you pass, he passes. 但子音結尾 +y 的動詞，得先把 y 改成 ie，再加 s，如 I worry, you worry, he worries. 至於 to be 是完全不規則：I am, you are, he is.

主、動詞一致，表示用正確的動詞形態來搭配主詞。若用錯了動詞形態，就叫做不合文法，以下是幾個例子：

I am（合乎文法，因為主詞和動詞都採第一人稱單數）

I is（不合乎文法，因第一人稱單數主詞卻搭配第三人稱單數動詞）

過去式動詞可以是過去簡單式，或用助動詞 + 過去分詞：

Yesterday I walked.（過去簡單式）

In the past I have walked.（助動詞 have+ 過去分詞 walked）

◎規則動詞加 *-ed*，同時變成了過去式和過去分詞：

現在式	過去式	過去分詞
Walk	Walked	Walked

◎不規則動詞的形態有諸多變化：

現在式	過去式	過去分詞
Speak	Spoke	Spoken
Lie	Lay	Lain
Think	Thought	Thought

　　大部分字典將不規則動詞的過去式和過去分詞以粗體顯示，置於該字右方：*go,went, gone.* 有些字典也列出規則動詞的變化。若發現字典未列出動詞的過去或過去分詞，應可認定它是規則動詞，如上面的 *walk* 一字。

　　現在分詞，又叫現在進行式，是 *-ing* 形式，可加一種以上的助動詞。

現在式	過去式	過去分詞	現在分詞（現在進行式）
Walk	Walked	Walked	Walking
Speak	Spoke	Spoken	Speaking

　　「時態」告訴你動作是否已完成、目前正在進行，抑或

過去曾持續一段期間。完成式用 *have* 形態助動詞 + 過去分詞，如 *He has spoken./We have spoken.* 進行式是用 *to be* 形態助動詞 + 現在分詞，如 *He is speaking./ We are speaking.* 有些文法書將簡單式視為一種時態。

現在簡單式	現在完成式	現在進行式
I talk	I have talked	I am talking

過去簡單式	過去完成式	過去進行式
I talked	I had talked	I was talking

「語氣」概分為三類：直述語氣、祈使語氣、假設語氣。

★ 直述語氣是最常用的語氣。採直述語氣的句子通常是陳述某項事實，又稱陳述句，如 Sal washes the dishes.（薩爾洗盤子）。疑問句和驚嘆句也算直述句，因兩者的動詞形態與一般陳述句相似。

★ 祈使語氣用於命令，如 Wash the dishes.（去洗盤子）。祈使句算是完整句，主詞隱含於句中：（You）Wash the dishes.（你去洗盤子）。

★ 假設語氣暗示陳述內容與事實（如心願或推測）、主張或建議、命令、需求，以及必要的聲明相反。部分假設語氣已經過時，或很少人用。揆諸現代用法，最常用的假設語氣如下：若為過去式，假設語氣只套用在 be 動詞，寫成 were。唯有當第一人稱單數與第三人稱單數時，才與陳述句有別（was）。

◎ be 動詞過去式

	陳述句	假設句（希望，要求等）
第一人稱單數	I *was* younger.	（I wish）I *were* younger.
第二人稱單數	You *were* younger.	（I wish）you *were* younger.
第三人稱單數	He *was* younger.	（I wish）he *were* younger.
第一人稱複數	We *were* younger.	（I wish）we *were* younger.
第三人稱複數	They *were* younger.	（I wish）they *were* younger.

　　現在式的假設語氣可以套用在任何動詞，用的是 be 動詞最基本的形態 "be"（想成是不定詞動詞去掉 *to*）。

◎ be 動詞現在式（不規則動詞）

	陳述句	假設句（希望，要求等）
第一人稱單數	I *am*	（Smith demands that）I *be*
第二人稱單數	You *are*	（Smith demands that）you *be*
第三人稱單數	He *is*	（Smith demands that）he *be*
第一人稱複數	We *are*	（Smith demands that）we *be*
第三人稱複數	They *are*	（Smith demands that）they *be*

◎ To talk 動詞現在式（規則動詞）

	陳述句	假設句（希望，要求等）
第一人稱單數	I *talk*	（Smith demands that）I *talk*
第二人稱單數	You *talk*	（Smith demands that）you *talk*
第三人稱單數	He *talks*	（Smith demands that）he *talk*
第一人稱複數	We *talk*	（Smith demands that）we *talk*
第三人稱複數	They *talk*	（Smith demands that）they *talk*

除了第三人稱單數，假設句和陳述句的用法都相同。

情態對於了解情態助動詞最有幫助。情態助動詞，如 *can, may, might, could, must, should, will, shall, ought to, would*，用在事實或人的能力：*William can help* 用 can 表示他能幫忙。*That coffee might be decaf* 用 might 表示可能存在的事實。

語態只有主動和被動兩種。

採主動語態時，及物動詞的主詞就是文法上的主詞：*Sam throws the ball.*

採被動語態時，及物動詞的受詞變成了文法上的主詞：*The ball is thrown by Sam.*

介係詞

何謂介係詞？目前尚無明確而令人滿意的定義。大多數人會說：「介係詞將名詞、代名詞及片語，和其他字連接起來。」有些人提出許多介係詞，如 *above, on, in, around* 用來表達形體上的近距離。

了解介係詞的最佳方式是看它們如何形成介係詞片語。介係詞片語是介係詞加上受詞。或許這麼說仍無法定義介係詞，卻能幫助你了解並找出它們。此處列出最常見的介係詞：*to, with, in, on, from, at, into, after, out, below, until, around, since, beneath, above, before, as, among, against, between, over*。

有些字既是介係詞，也是連接詞，包括 *after, as, before,*

since, until。例如，*I'll have my homework done before bedtime.*（*我會在上床前做完功課*），此處 *before* 是介係詞，因為它帶領名詞 *bedtime*，是此句的受詞。*I'll have my homework done before I go to bed.*（*在我上床前，我會做完功課。*）此處 *before* 是連接詞，擔負起連接詞的責任，引領整個子句。

介係詞的受詞是名詞片語，可能是一般名詞或代名詞，可能加限定詞或修飾語，也可能不加。試舉數例：

Megan studied <u>with Joe</u>.
梅根跟喬一起讀書。
The dogs are <u>at the grassiest park in town</u>.
這群狗在鎮上最綠意盎然的公園裡。
The awning hangs <u>above the door</u>.
這座遮陽棚懸在門上。
The butter is <u>on the wooden table</u>.
奶油放在木桌上。
Mark gave the money <u>to them</u>.
馬克把錢給他們。

介係詞的受詞是受格，因此與介係詞搭配的代名詞應該採受格形式，而非主格：

Megan studied <u>with him</u>. 而非 Megan studied <u>with he</u>
梅根跟他一起讀書。

Mark gave the money <u>to them</u>. 而非 Mark gave the money <u>to they</u>.

馬克把錢給他們。

This is <u>between us</u>. 而非 This is <u>between we</u>.

別跟其他人說。

Don't throw that <u>at me</u>. 而非 Don't throw that <u>at I</u>.

別怪在我頭上。

Talk <u>to him or me</u>. 而非 Talk <u>to he or I</u>.

找他或找我談。

This is <u>between you and me</u>. 而非 This is <u>between you and I</u>.

這件事你知我知就好。

不妨將介係詞片語想成修飾語或狀語。介係詞片語可以修飾名詞：*the man <u>with the red hat</u>*，以戴紅帽修飾那個男人；也可以修飾動作：*She sings <u>with enthusiam</u>*，以熱情洋溢修飾唱歌。介係詞片語亦可置於句子層次，回答「何時」或「何地」等問題。*He will meet you <u>at the corner</u>.* 指明是在轉角處碰面；或 *<u>In the morning</u>, breakfast will be served.* 說明供應早餐的時間。甚至修飾整個句子：*<u>In addition</u>, note the location of the exit.* 強調另外該注意的事。

副詞

副詞回答以下的問題：

★ 何時？ I'll be there <u>soon</u>.

（我<u>很快</u>就到）

★ 何處？ Bring the laundry <u>inside</u>.

（把衣服收<u>進去</u>）

★ 是何種狀況？ Belle and Stan argued <u>bitterly</u>.

（貝兒和史丹<u>激烈地</u>爭執）

★ 多寡或頻率？ Bruno is <u>extremely</u> busy.

（布魯諾<u>超</u>忙）；He's <u>frequently</u> overwhelmed.

（他<u>經常</u>不堪負荷）

　　副詞也可以為全句下評論，稱之為句子副詞。如：
Frankly, my dear, I don't give a damn.（<u>坦白說</u>，親愛的，我才不在意呢。）亦可串起前一句，叫做連接副詞：*However, the parade was a success.*（<u>不過</u>遊行倒很成功）。

　　副詞可以修飾動詞，如 *Mark whistles <u>happily</u>.*（馬克<u>開心地</u>吹口哨），也可修飾形容詞，如 *Betty is <u>extremely</u> tall.*（貝蒂<u>非常</u>高）。亦可修飾其他副詞：*Mark whistles <u>extremely happily</u>.*（馬克<u>非常開心地</u>吹口哨），或修飾整個句子：*Tragically, the crops didn't grow.*（<u>不幸的是</u>，作物沒有生長）。

　　還有一種叫「狀語」的東西，有些是副詞、有些不是：

Additionally, students learn engine repair.

In addition, students learn engine repair.

此外，學生還要學修理引擎。

連接詞

連接詞連接字、片語和子句，分為對等連接詞和從屬連接詞。

對等連接詞串起文法地位相等的字、詞或子句。最主要的對等連接詞是 *and, but, or*；此外，*for, nor, so, yet* 有時也擔負對等連接詞的責任。還有一些詞組也被視為對等連接詞，如 *either...or*（若非……就是；兩者擇一），*neither... nor*（既非……亦非），*both...and*（兩者都），*not...but*（不是……而是），*not only...but also*（不只是……而且）。

Heather likes coffee and tea.

（對等連接詞 *and* 連接受詞）

希瑟喜歡咖啡和茶。

Todd likes coffee but not tea.

（對等連接詞 *but* 連接受詞）

陶德喜歡咖啡，但不喜歡茶。

Heather and Todd like coffee.

（對等連接詞 *and* 連接主詞）

希瑟和陶德喜歡咖啡。

I must go to bed now or I will oversleep tomorrow.

（對等連接詞 *or* 連接文法地位相等的子句）

我現在就得去睡覺，否則明天會睡過頭。

Eat carrots so your eyes stay healthy.

（對等連接詞 *so* 連接文法地位相等的子句）

要吃紅蘿蔔，眼睛才會保持健康。

Eat up, for tomorrow we shall fast.

（對等連接詞 *for* 連接文法地位相等的子句）

統統吃掉，因為我們明天要齋戒禁食。

He doesn't take the subway, nor does he take a cab.

（對等連接詞 *nor* 連接文法地位相等的子句）

他不搭地鐵，也不搭計程車。

Either you stay or you go.

（對等連接詞組 *either...or* 連接文法地位相等的子句）

你要不留下，要不離開。

Both Matt and Sam will be there.

（對等連接詞組 *both...and* 連接主詞）

麥特和山姆都會在那裡。

　　從屬連接詞是更大的一組字彙，包括 *because, if, while, although, until, till, as, since, when, than, before, why* 等等，亦包括較長的措辭，如 *even though, as soon as, as much as, assuming that*（假設）， *even if* 等等。某些表示時間的從屬連接詞，包括 *before, since, until* 也是介係詞。

從屬連接詞帶領從屬子句，因此也稱為不獨立子句。
從屬子句不算完整句，無法單獨存在：

The room was redecorated.

（完整句）

房間重新裝修過。

Before the room was redecorated⋯

（從屬子句本身不是完整句）

在房間重新裝修前⋯⋯

附錄 **02**

專業作者必須了解的
標點符號規則

　　談到標點符號，專業作者不比一般人，應當服膺更高的標準。日常往來的電子郵件，撇號放錯位置或多加一個逗號，都還情有可原，但正式稿件就很難原諒了。雖說人總有打錯標點的時候，但有志於出版文章的人，皆應研究標點符號，把握住基本原則才行。

句號

　　使用句號的時機：

★ 結束一句話時：Carrots are orange.
　（胡蘿蔔是橘色）
★ 縮寫：The office is at 222 Oak Blvd., near the post office.
　（辦公室位於橡樹路 222 號，靠近郵局）

★ 首字母縮略詞：The White House is in Washinton, D. C.
（白宮位於華盛頓哥倫比亞特區）

　　但用在首字母縮略詞時，格式視情況而有變化。某些格式規範書上說，常見的首字母縮略詞如 CIA, FBI, LA 可不加句號。

　　當句子內有其他代表句子結束的標點符號，如置於括弧內的問號或驚嘆號，大多不需再加句號：*Jim wanted to ask, "Are you kidding?"*（吉姆想問：「你在開玩笑嗎？」）

　　同樣地，以縮寫或首字母縮略詞結尾的句子，不需再加句號：*He visited Orlando, Fla.*（他造訪佛羅里達州奧蘭多市）。

逗號

◎用逗號來區分連成一串的名詞、片語或子句

　　Brett likes peas, spinach, and cauliflower.（布列特喜歡吃豌豆、菠菜和花椰菜。）*Marianne studies hard, sleeps a lot, and never watches TV.*（瑪莉安勤奮研讀，睡得很久，而且從不看電視。）

　　如上例置於連接詞 *and* 前面的逗號叫做系列逗號或牛津逗號。《美聯社寫作風格指南》反對用系列逗號，因此上一句會寫成 *Brett likes peas, spinach and cauliflower.* 但《芝加哥論文格式》與許多學者都說要用。

◎用逗號分隔「對等形容詞」

將這些形容詞想成分別修飾同一個名詞，如：*He was a mean, ugly, immoral clown.*（他是個卑劣、醜陋、缺德的小丑。）注意「不對等形容詞」的用法不同：*He wore a bright red Hawaiian shirt.*（他穿一件鮮豔的紅色夏威夷衫）。

若兩個形容詞之間加上 *and* 說得通，通常能以逗號替代，因此上一句若改成 *He was a mean and ugly and immoral clown* 也可以。不對等形容詞多半具有累積的效果，加上 *and* 便顯得不合邏輯：*a bright and red and Hawaiian shirt* 說不通，不能代替 *a bright red Hawaiian shirt*。對等形容詞就算調換位置也不影響句意，改成 *He was an ugly, immoral, mean clown* 意思是一樣的，但改成 *He wore a Hawaiian red bright shirt* 卻說不通。

逗號規則也適用於副詞，「對等副詞」亦應用逗號分隔：*They easily, happily, and regularly show up to work on time.*（他們輕鬆愉快，而且有規律地準時上班。）但「不對等副詞」不可加逗號，如 *They are a very happily married couple.*（他們是一對非常幸福的伴侶。）重申一次，覺得用 *and* 說得通的地方，都可以改用逗號。

◎用逗號分隔以連接詞連接的「獨立子句」

並不是非加不可，但屬於常見用法：

We ate the stuffing, but the turkey remained untouched.

我們吃了裡頭的餡料，但完全沒碰火雞。

Mark drove the bus, and Stella sat in the back grumbling.

馬克駕駛公車，而史黛拉坐在後座碎碎唸。

Renee had a good education, so she tried to hide that fact from Skeeter.

芮妮受過良好的教育，所以她試圖對史基特隱瞞此事。

短而清晰、以 *and* 串起獨立子句的句子較常刪掉逗號，如：*I like bananas and I like oranges.*

◎前導片語和子句後面加逗號

這類情況下，加不加逗號端視個人判斷和品味。一般來說，前導的字數越多，越需要用逗號幫助讀者了解訊息的組成。下面兩個例子：*On Mondays Barry shows up early.* （貝瑞星期一都會早到），不加逗號；但 *On the first Monday of every week in which he's scheduled, Barry shows up early.* （每次遇到有排定時程的星期一，貝瑞都會早到。）要加逗號。

◎直接稱呼某人，要加逗號

當你稱呼某人的名字或綽號，便是直接稱謂。如 *Hey, Jim.* （嘿，吉姆。）*Listen, buddy.* （聽我說，兄弟。）*After you, sir.* （先生，您先請。）*Bye, Pete.* （彼特，再見。）但注意，當你說 *Dear Jacob*，不需要加逗號，因為 *dear* 是修飾

Jacob 的形容詞，因此算是名字結構的一部分。不過 *Hello, Jacob* 得加逗號。

◎直接引用時，前面要加逗號

Chuck said, "It's a great day."（查克說：「很棒的一天。」）
The docent said, "Don't touch the paintings," but Stan didn't listen.（解說員說：「不要碰畫。」但史丹不理。）較長的引語有時改以冒號替代。

◎用逗號引領括弧內的資訊

包括非限定子句、同位語、插入語，以及其他有修飾功能的子句和片語。

非限定子句用來提供補充資訊，並非限定修飾語的意義。子句之後加或不加逗號，點出子句是否為限定，大大影響了句子本身的意義。

Men who like baseball are pleased.
（只有喜愛棒球的男人才高興）
喜歡棒球的男人都高興。
Men, who like baseball, are pleased.
（所有男人都喜歡棒球，都覺得高興）
男人都喜歡棒球，都很高興。

Fred's sister Jennifer is the youngest of the three Adams children.

（Jennifer 是基本資訊，因為它限定主詞是 *Fred's sister*；若不加名字，你無法確定說的是哪一個姊妹。）

弗瑞德的妹妹珍妮佛是亞當家三個小孩中最小的。

Fred's sister, Jennifer, is his only sibling.

（此處的 Jennifer 是非限定資訊，因為我們知道 Fred 只有一個姊妹，她的名字不能再縮小主詞的範圍，亦即無法加以限定。）

弗瑞德的妹妹珍妮佛是他唯一的手足。

同位語本身是名詞片語，指涉它前面的名詞片語：

The president, <u>a decisive man,</u> will give a press conference.

總統是個果決的人，將召開記者會。

My wife, <u>Lorraine,</u> will attend.

我太太羅倫會參加。

The temp, <u>a real go-getter,</u> impressed the boss.

這個臨時人員很積極，使老闆印象深刻。

有時不容易區分同位語和稱謂：

The U.S. Senator, Steve Stevens, signed the legislation.

U.S. Senator Steve Stevens signed the legislation.

美國參議員史帝夫‧史蒂芬簽署立法案。

第二個例子不能加 *the*，倘若加了 *the*，好比在說 *the Steve Stevens*，不通。因此我們知道第一句中，*the U. S. Senator* 是名詞片語，而 *Steve Stevens* 是另一個名詞片語，所以一定是同位語。不加 *the* 的 *U.S. Senator Steve Stevens* 是單一詞組，而 *U.S. Senator* 具修飾功能。

有時候，同位語與名詞修飾詞組的差異，純粹取決於作者的意圖：

Her book, The Rogue, is a best seller.

Her book The Rogue is a best seller.

她那本《惡棍》是暢銷書。

第一句中，*Her book* 是起頭的名詞片語，而書名是補充資訊，也就是同位語。但第二句 *Her book* 修飾主要名詞片語 *The Rogue*。

◎用逗號引領插入語

Bombo could tell you, of course, but then he'd have to kill you.（邦博可以告訴你，當然，但他之後就得殺了你。）*of course* 是插入語。*Yes, you're right.* 此處 *Yes* 是插入語。*The friar, indeed, was the murderer.*（事實上，修士就是殺人犯。），此處 *indeed* 是插入語。

但若句中還有另一個逗號，很可能捨去插入語前後的逗號，尤其是置於連接詞（用以分隔獨立子句）前面的那一個逗號，如：*Bombo could tell you, but of course then he'd have to kill you.*

◎用逗號帶領其他修飾片語和子句

通常充當狀語的分詞片語或介係詞片語若包含插入訊息，也會用逗號：

Al, being the great guy that he is, brought pizza.
艾爾，身為一個很棒的人，買了披薩。
I, too, enjoy roller coasters.
我也很愛坐雲霄飛車。
Roger, with a wink and a smile, invited Josie to his room.
羅傑對喬西眨眼、微笑，邀她去他的房間。
Ajax, undeterred by his enemies' skill, charged into battle.
艾杰克斯毫不懼怕敵人的作戰技巧，衝入敵陣。

有時候，狀語的前後是否加逗號可以自行決定。譬如許多人說 *too,either, also* 等字之前得加逗號，如 *Rodney ordered lobster, too.* 但如今傾向不加逗號，寫成 *Rodney ordered lobster too.*

　　至於 Inc., Jr., 等等姓名或頭銜的插入訊息，該不該加逗號，不同的寫作格式書看法迥異。但若你在 Inc. 或其他字前面加上逗號，後面也得加。下面第一、二句是對的：

Warren bought shares of ABC, Inc., and Microsoft.
Warren bought shares of ABC Inc. and Microsoft.
華倫買了 ABC 股份有限公司跟微軟的股票。

但不能寫成：

Warren bought shares of ABC, Inc. and Microsoft.

包含月、日、年的日期，年份的前後都要加逗號：

Dale was hired on April 1, 1982, and stayed till last year.
戴爾於 1982 年 4 月 1 日受雇，一直待到去年。

不能寫成：

Dale was hired on April 1, 1982 and stayed till last year.

撇號

　　撇號的使用時機：

★ 形 成 所 有 格：The man's house. The doctrine's flaw.
The Joneses' vacation.

★ 表示有刪去不用的字或數字，尤其是縮寫：Can't 是
cannot 的縮寫；Doesn't 是 does not 的縮寫；It's 是 It
is/ It has 的縮寫。

★ 避免混淆，但只有需要時才用：The sign read, "CDs for
sale." 或 The sign read, "CD'S FOR SALE."（牌子上寫
著：「CD 出售」）。第二種寫法加一撇，藉以釐清 S 並非
首字母縮寫詞，如 CD 是 Compact Disc 的首字母縮寫。
又如 In school, Anna got Cs, Bs, and a few A's.
（安娜在學校拿到 C 和 B 的成績，少數是 A）。此處 A
後面加了一撇，否則就會變成 As（如同）。有些刊物稍
微調整規則，使版面整齊劃一、容易閱讀：Anna got C's,
B's, and a few A's. 但是什麼樣的情況必須加撇號，以防
混淆？不同刊物各持己見，像是《洛杉磯時報》印成
the 1980s，但《紐約時報》則是 the 1980's。

　　撇號若要打出弧度，是往左撇，不是往右。除非電腦
字型簡化到看不出來，否則撇號大多跟收尾的單引號「'」
相同，而非開頭的單引號「'」。

引號

下列情形要用引號：

★ 直接引用旁人的話：The president said, "This nation will prosper."（總統說：「這個國家必將興盛。」）

★ 有些寫作格式書認為可用來標示正在討論的字：The word "jeepers" isn't as common as it used to be. （「哎呀」一字不像以前那麼常用。）

★ 暗示諷刺或懷疑：Yeah, that cake looks "great," Mom. I "love" the green frosting. （沒錯，媽，那塊蛋糕看起來真「讚」。我「好喜歡」綠色糖霜喔。）

★ 有些寫作格式書認為，書名、歌名、電影名稱、文章篇名，以及其他作品名字，前後都要加引號。如 Smithers, a character in "The Simpsons," likes the song "It's Raining Men."（「辛普森家庭」中的角色艾甲甲，喜歡「男人像雨一樣落下」這首歌。）

若引號內的文字本身是完整句，則以大寫字母開頭，如 *He said, "You should leave."* 如果得加上非引用的文字才成為完整句，引用部分以小寫開頭就好，如 *He said he wanted me to "get lost."*（他說他要我走開）。

單引號

　　一段引文當中包含別的引文，則用單引號：*"They told me, 'Never come here again,' "* Roy said.（「他們對我說：『以後別再來這兒了』」羅伊說。）

引號與其他標點符號合用

　　依照標準的美式用法，逗號或句號一定放在下引號裡面：

Michelle said, "It's time."

蜜雪兒說：「時間到了。」

When Dane said, "Hello," I didn't think he was talking to me.

當戴恩說：「哈囉」時，我不曉得他是在跟我說話。

　　按標準的美式用法，冒號或分號總是放在下引號外邊：

He told us the items on his "grocery list": beer and pretzels.

他告訴我們日用品清單上的東西：啤酒和椒鹽酥餅。

He sang "Oh, Canada"; "America, the Beautiful"; and

other songs, many of them anthems.
他唱「噢，加拿大」、「美哉美國」和其他歌曲，
其中有許多首國歌。

標準的美式用法中，問號或驚嘆號可以置於下引號裡頭或外面，視乎它們是用於一整句抑或引語本身：

Kojak's catch phrase was "Who loves ya, baby?"
科傑克的口頭禪是「寶貝，誰愛你呢？」

但是，

Can you believe he called me "baby"?
你能相信他叫我「寶貝」嗎？

下面這句也放在裡面，

He said, "This is an outrage!"
他說：「這是侮辱！」

不過這句該放在外頭，

I am outraged that he said, "baby"!
他叫我「寶貝」，我很生氣！

單引號的規則相同：

Jeff always says, "Why ask 'why?'"
傑夫總是說：「為什麼要問『為什麼』？」

然而下句的問號在單引號外面：

Joe said, "Have you noticed how much Jeff likes the word 'why'?"
喬說：「你有注意到傑夫很愛說『為什麼』？」

連字號

一般說來，連字號不到長破折號的一半。
使用連字號的時機：

★ 在名詞前形成複合修飾語，如 A sweet-talking woman（說話很甜的女性）但 -ly 結尾的副詞不必加，如 A happily married couple（幸福的佳偶）。是否該用連字號相當主觀，世上沒有兩個人——即使是同一份刊物的兩名專業編輯——會用同樣方式打連字號。連字號主要是為了防止混淆，即使只是短暫地搞混，像是 I saw a man-eating lobster.（我看到一隻會吃人的龍蝦）vs. I saw a man eating lobster.（我看到一個人在吃龍蝦）。

★ 官方拼法含有連字號。唯有查字典能確定某字——尤其是名詞或動詞——的官方拼法有無包含連字號。例如《韋伯新世界大學字典》上面說動詞 water-ski（滑水）要加連字號，但名詞不用加，寫成 water ski。

★ 要連接字首或字尾時，使用連字號。究竟該寫成 co-worker 或 coworker 並無放諸四海皆準的規則。事實上，兩種說法各有擁護者，因此想知道何時該加連字號，綴連字首或字尾，只能翻查寫作格式書，或看你投稿的刊物主要採用哪一本字典而定。通常寫作格式書傾向不用連字號，直接把字首或字尾加上去，如 nondairy（非乳製品）、midsentence（說／寫到一半）、companywide（全公司），但仍有許多例外。

破折號

長破折號通常比連字號長出一倍有餘。長破折號能用在許多地方，有時甚至與其他標點符號重疊。

用長破折號的時機包括：

★ 表示語調或形式忽然有變化：Vonnegut, Joyce, Hemingway—they were all heroes in Claire's mind.（馮內果、喬伊斯、海明威——他們都是克萊兒心目中的英雄。）

★ 添加補充資訊：Mr. Beasley stormed through the house

—he was very angry—demanding his slippers.
（貝詩禮先生氣沖沖地走過屋子——他很生氣——強硬索要拖鞋。）

★ 突然打岔：Will he—does he dare defy me?（他會——他敢違抗我嗎？）

★ 刻意強調：Raul was finished by noon—he's that good.（勞爾中午前就做完了——他就是這麼棒。）

　　短破折號較少見，報上報導大多不用這種標點。短破折號比連字號長一些，比長破折號略短，可用來指稱一段時間，通常表示「直到某段時間為止」或等於「到」。比方說，*During Brett's time at the firm, 1998—2002, he added five branches.*（布列特在公司服務期間，1998—2002 年，增設了五間分店。）短破折號有時候亦可代替連字號，尤其當連字號不易辨識清楚時。比如短破折號可以將連字號串起的字，統統連在一起，如 *It was a semi-public-semi-private organization*（那是一個半公家、半私有的組織。），亦可使組合字與其他字或字首相連，如 *World War I-era planes*（一次大戰時期的飛機）。

冒號

　　遇到下列情況，使用冒號：

★ 介紹一串清單：Here are the items that will be served: stuffed mushrooms, beef skewers, and cheese puffs.（供應的食物包括：焗釀蘑菇、牛肉串和起司泡芙。）

★ 當作強調：Let me tell you this: you're awesome.（讓我告訴你一件事：你真棒。）根據《美聯社寫作風格指南》，冒號後面的文字若是完整句，應以大寫字母開頭，所以是 You're awesome. 但《芝加哥論文格式》認為只有當冒號之後包含兩句以上的句子，才需要大寫。

★ 介紹一段至少包含兩句話的引文，但並非規定，常改以逗號表示。

★ 通信時，稱謂後面加冒號：Dear Ms. Williams:…這不是規定，常改以逗號表示。

括弧

你可將較不重要、或不知為何移出主要句子的訊息，置於括弧內：*I was driving an Escalade（an expensive one）when I hit the center divider.*〔我開著凱迪拉克巨無霸休旅車（要價不斐），撞上了中央分隔島。〕但若要在括弧內打上句號，除非本文和括弧內的句子均為完整且各自獨立的句子，如 *I was driving an Escalade.（It was an expensive one）That was the day I hit the center divider.* 除此之外，括弧內不加句號。

問號

疑問句用問號，如 *Who moved my guacamole?*（*誰拿走了我的酪梨沙拉醬？*）通常會將問號視為作結的標點符號，因為是置於句末。但偶爾句子中間也會出現問號，如 *When he asked, "How are you?" it was as though he actually cared.*（*當他問道：「你好嗎？」彷彿他真的關心似的。*）

驚嘆號

用驚嘆號來表達激烈的情感、或驚呼出聲的句子：*You monster!*（*你這怪物！*）

別再犯致命錯誤，
讓人抓不到你的小辮子

　　誰都會寫錯字。經驗不足的作者常為此懊惱，其實沒必要如此。就算是最細心縝密的專業作家偶爾也會拼錯字，最有能力的編輯和審稿人也很難統統挑出來。若你有時候不小心把 *led* 拼成 *lead*，講道理的編輯或讀者並不會就此貶低你。

　　但錯誤有百百種，有些錯情有可原，有些好似在宣告「我是個差勁又不專業的作者。」

　　當我讀一篇文章，發現有個 *its* 拚成了 *it's*，我會認為作者是不小心拼錯。但同樣的錯誤發生兩次，情況就截然不同。就我所知，包括我在內的許多作家、編輯、文字工作者和文法達人，都會認為作者不夠用心，稱不上專業作家。脾氣火爆些的搞不好會説此人是「半文盲」或「怪咖」。

　　所以與其煩惱如何一一避開錯字，倒不如集中精力解

決重要問題。以下彙整了容易令人質疑你的能力的指標性錯誤。我的篩選過程並非完全科學化，但依我的經驗，這些錯誤最可能讓人翻白眼，懷疑一名作者的技巧問題。

its ／ it's：所有格不需要加一撇，如 *The dog wagged its tail.*（這狗在搖尾巴）只有 it is/ it has 的縮寫才需要加一撇，如 *It's been a fun vacation.*（這次度假很好玩）。

there ／ their ／ they're：*There* 指地方：*Put it there.*（放在那裡）*Their* 是所有格：*Their house is the green one.*（他們的房子是綠色那一棟）*They're* 是 *they are* 的縮寫：*They're good people.*（他們是好人）。

lets ／ let's：若不加撇號，*lets* 是 *to let* 的第三人稱單數動詞變化形，如 *He lets the dog out in the morning.*（他早上放狗出來），加上撇號的 *let's* 則是 *let us* 的縮寫：*Let's go to the park.*（讓我們去公園）。

whose ／ who's：要表示由誰持有，用 whose：*Can you tell me whose job that is?*（你能告訴我那是誰的工作嗎？）加一撇則是 *who is/ who has* 的縮寫：*Who's there?*（誰在那兒？）。

could of ／ would of ／ should of：這樣寫一定是錯的，應

該寫成 *could have, would have, should have*，或較不正式的版本 *could've, would've, should've*。這是因為 *of* 並非動詞，不能用來形成動詞時態。上述情態助動詞加上主要助動詞，如 *have, be, do*，但不能加介係詞 *of*。

where ╱ wear ╱ were：*Where* 指地方，如 *Where are you going?*（你要去哪裡？）*Wear* 是指穿衣服，如 *Lana and Tom wear matching shirts.*（拉娜和湯姆穿同款的襯衫）。*Were* 是 *be* 的過去式：*We were so young.*（那時我們如此年輕）。

have went ╱ have ate ╱其他錯誤的分詞結構：不確定某個過去分詞怎麼拚的時候，先翻字典，查詢原形動詞。大部分字典都以粗體列出不規則動詞的過去式及過去分詞。至於規則動詞，只有小部分字典會列出來。所以在 *eat* 項下，你會看到 *ate, eaten*，於是你明白 *eat* 是不規則動詞，過去式是 *ate*。*Liam ate a sandwich.*（利姆吃了份三明治）；過去分詞是 *eaten*，*In the past, he has eaten up to four sandwiches.*（他過去常一次吃下四個三明治）。至於規則動詞如 *walk*，加 *-ed* 形成過去式和過去分詞，如 *Today you walk. Yesterday you walked. In the past you have walked.*

accept ╱ except：*Accept* 是接受，*You accept a gift.*（你接受一份禮物），*Except* 表示排除在外。

compliment ／ complement：恭維讚美人是 *compliment*，至於 *complement* 是指搭配其他東西，使其變得完整，如挑選正確的酒佐餐。

affect ／ effect：*Affect* 通常當動詞，如 *That doesn't affect me.*（那件事不會影響我）。*Effect* 多半當名詞，如 *What will the effect of his decision be?*（他的決定會有什麼影響？）不過有兩個罕用的同義詞不符合這項大原則。*effect* 當及物動詞時，意指「促成、帶來」：*The candidate promised to effect positive change.*（這位候選人保證推動積極的改革）。*Affect* 也是心理學名詞，意指情感、或面部或肢體的情感表達：*The patient's affect was flat.*（這個病患的情感貧乏）。

phase ／ faze：*Phase* 是指某一發展階段，而 *faze* 是動詞，表示令人氣憤或震驚，故此 *unfazed* 表示無動於衷。

led ／ lead：*Led* 是 *lead* 的過去式：*He led the horse to water.*（他牽馬去喝水）。*Lead* 另外一個意思是鉛，但發音唸成 *led*。

then ／ than：*Then* 指時間，*than* 是用來比較。

Computer's for sale ／ Merry Christmas from the Thompson's ／其他撇號的錯誤：絕對不要用撇號來代表複

數。上面應該寫成 *Computers for sale* 與 *Merry Christmas from the Thompsons*。遇到 s 結尾的專有名詞要加倍小心。

grammar：很多人寫成 grammer，是 a 不是 e。

致謝

在此向經紀人勞瑞・阿布克梅爾（Laurie Abkemeier），以及麗莎・威斯特摩蘭（Lisa Westmoreland）和布利・瑪祖卡（Brie Mazurek），我的丈夫泰德・艾佛里（Ted Averi）、女性作者午餐俱樂部與作家評論團體的成員、一流攝影師及朋友史蒂芬妮・迪亞尼（Stephanie Diani）、瑪麗莎・狄波德羅（Marisa Dipietro）醫師致上謝忱，以及審稿人、校對人員、設計師，和所有為本書出力的幕後工作人員。

謝謝大家！

文法女教頭爆破英文爛句
連大作家也被踢飛的英文句子進化課

It Was the Best of Sentences, It Was the Worst of Sentences
A Writer's Guide to Crafting Killer Sentences

Copyright © 2010 by June Casagrande
Traditional Chinese edition copyright © 2017 by Briefing Press, a division of And Publishing Ltd.
This edition arranged with DeFiore and Company Literary Management, Inc.
through Andrew Nurnberg Associates International Limited

大寫出版 Briefing Press
使用的書 In Action　　書號 HA0080

著者｜瓊‧卡薩格蘭德 June Casagrande
譯者｜王敏雯
設計｜張鎔昌

行銷企畫｜郭其彬、王綏晨、陳雅雯、邱紹溢、張瓊瑜、蔡瑋玲、余一霞、王涵
大寫出版｜鄭俊平、沈依靜、李明瑾
發行人｜蘇拾平

出版者｜大寫出版 Briefing Press
地址｜台北市復興北路 333 號 11 樓之 4
電話｜（02）27182001
傳真｜（02）27181258
發行｜大雁文化事業股份有限公司
24 小時傳真服務｜（02）27181258
讀者服務信箱｜andbooks@andbooks.com.tw
劃撥帳號｜19983379
戶名｜大雁文化事業股份有限公司

初版一刷｜2017 年 8 月
定　價｜350 元
版權所有‧翻印必究

ISBN　978-986-95049-3-5

國家圖書館出版品預行編目（CIP）資料

文法女教頭爆破英文爛句：連大作家也被踢飛的英文句子進化課
瓊‧卡薩格蘭德（June Casagrande）著／王敏雯 譯
初版／臺北市：大寫出版：大雁文化發行，2017.08
288 面 ;15*21 公分（使用的書 In Action; HA0080）
譯自：It Was the Best of Sentences, It Was the Worst of Sentences: A
Writer's Guide to Crafting Killer Sentences
ISBN 978-986-95049-3-5（平裝）

1. 英語　2. 寫作法　3. 句法

805.17　　　　　　　　　　　　　　　106010549